KB005143

문학과지성 시인선 552

# 도움받는 기분

백은선 시집

문학과지성사

문학과지성사에서 펴낸 백은선의 시집

가능세계(2016)

문학과지성 시인선 552

도움받는 기분

초판 1쇄 발행 2021년 4월 5일
초판 7쇄 발행 2023년 9월 15일

지 은 이 백은선
펴 낸 이 이광호
주 간 이근혜
편 집 이민희 최지인 조은혜 박선우 방원경
펴 낸 곳 ㈜문학과지성사
등록번호 제1993-000098호
주 소 04034 서울 마포구 잔다리로7길 18(서교동 377-20)
전 화 02)338-7224
팩 스 02)323-4180(편집) 02)338-7221(영업)
전자우편 moonji@moonji.com
홈페이지 www.moonji.com

© 백은선, 2021. Printed in Seoul, Korea

ISBN 978-89-320-3829-2 03810

이 책의 판권은 지은이와 ㈜문학과지성사에 있습니다.
양측의 서면 동의 없는 무단 전재 및 복제를 금합니다.

이 도서는 2020년도 아르코문학창작기금 지원사업에 선정되어 발간된 작품입니다.
KOMCA 승인 필.

문학과지성 시인선 552

# 도움받는 기분

백은선

**시인의 말**

고정된 것은 없다
나에게는 그것이 중요하다

2021년 봄
백은선

# 도움받는 기분

차례

**3부 이것은 살인 기록 기계가 될 것입니다**

**4부 두 손과 두 발을 잊고 깨끗해지기로**



**해설**

# 1부

## 다시 말씀드리겠습니다
## 나무의 언어로

## 클리나멘

어두운 강의실에 앉아 그런 것을 떠올렸다

천 미터 상공에서 천 장의 종이를 뿌린 다음,
서로 겹쳐진 부분만 남긴다면

색색의 스프레이
분홍이나 파랑 초록 보라 빨강 빨강
포개진 영역만 표시한다면

가장 높은 건물 옥상에 올라가
내려다본다면

어떤 무늬일까?

우연을 실험하는 것

재미있지 않겠니

그런 생각을 했다

스물한 살의 여자들이 고통받는 것을 보며

세계는 정방형의 빛이고
빛 속에는 어둠뿐이라서
벌어진 틈으로 잠깐 훔쳐본
돌 같은 것을 말한다

망가지는 과정을 고스란히 찍어
가장 어두운 상자 속에 전시한다면

네 손가락을 하나씩 자르는 과정에 대한 작업
죽은 너의 살을 발라내 온몸의 뼈를 포개 쌓는 작업
죽은 연인을 가장 안전하게 만드는 공동생활

세계의 비밀에 가까워질 수도 없는데

끝없이 두들긴다
단단해질 것도 없는데 두들긴다

으스러질 때까지 두들긴다

단련…… 단련…… 단련……

유효할까
미치도록 아름다운
새가 될까

나는 어두운 바다를 앞에 두고 앉아
소리에 대해
소리를 만드는 힘에 대해
그걸 듣는 귀에 대해

멈춰 선 채 입술을 꿰맨다

말할 수 없는 것은 전부 겹쳐진 영역에 칠해진
색을 의미한다고 믿어

무늬와 무늬

네 꿈을 꾼 적은 없단다
네 꿈을 꾼다면
빨강뿐인 나무로 가득한 숲을 산책한다
네가 잊은 것들로 가득한 숲을

컨테이너가 산적한 부둣가처럼
어둠이 내리는 늦은 오후 창에 반사되는 아슬한 빛처럼
절박한 것이 전부 사라져서

이제 작업을 계속할 수 없다고
고백하는 사람에게 등을 돌리고
쉽다고 말하는 사람에게 문을 열어주었다

죄를 지었다

안개로 향하는 긴 터널이었다

재미있지 않니

모든 여자가 스물한 살이었거나
스물한 살이 될 거라는 게
고통받을 거라는 게

보는 눈이 그것을 예술이라고 부르는 게

생각을 한다

나는 생각을 한다는 말을 더 이상 적고 싶지 않다고 계속 생각했는데 또 생각한다고 쓰고 말았구나 생각을 한다 생각을 한다는 생각을 생각 위에 생각을 생각 위에 생각을 돌처럼 돌을 본 눈처럼 검은 동자 속의 뿌연 상想을 하양 속 깊고 깊은 그림자를 그림자 속에서 호흡하는

집

섬

불

겹과 겁

괜찮다고 말해줘서 고마워 그런데 실은 괜찮지 않아 미안해

그런 말을 했고
잠든 얼굴을 내내 바라보며

천 미터 상공에서 종이가 내려앉기까지의 시간
분포와 확률에 관한 예감

포개진 것들은 아름답고

경험

경험이 있습니다

경험을 주고 싶어

아름다움을 갖는 것
아름다움을 잊지 않는 것
아름다움을 만드는 것

여러 개의 손으로
여러 개의 눈으로

어두운 시골 마을처럼

겹과 겁
겹과 겁

파도가 쳐

## 비유추의 계

혓바닥들 은빛 실에 꿰어 빛 속에 걸어두었다
붉은 것이 대롱대롱 예쁘게 흔들렸다

모든 것은 이 두 문장에서 시작되었다
이것은 내가 쓰려고 했던 소설의 마지막 문장

화가 난 얼굴
화가 난 얼굴

이렇게 무서운 것은 처음인 것만 같다
이렇게 아름다운 것은 처음인 것만 같다

나는 아코디언처럼 끝없이 펼쳐졌다가 끝없이 오므라
드는
형식으로

이 시를 쓸 것인데 까먹을까 봐 적어둔다

미친 것 같은

얼굴이었고 그것은 어둠 속에 누워 몇 문장을 끝없이 곱씹어 생각하면서

잊지 않으려고 안간힘 쓰면서 나는

십일 년 전에 파이프오르간처럼 울려 퍼지는

영혼이라 쓴 것이 문득 생각났다 왜 그랬을까 그건

희연에게 주려고 쓴 시의 한 구절이었고

희연은 선생님이 되고 싶어 했는데

국어교육과에 갔다 어쩌면 지금쯤 국어 선생이 되었겠지

혓바닥들 이 미친

빛 속에서

팔랑이던

핏빛 숨 속에서

몇 번이나 되새기면서

거대한 몸뚱이에 올라타 몇 번이나

다시 다시

칼을 찔러 넣으면서
이 미친

예쁘게 흔들리면서

희연, 영혼 같은 거 안 믿어,라고 했던
너를 생각하면서
어둠 속에서 빛이라고 써보면서
그래도 생겨나지 않을 빛을 생각하면서
단지 빛이라는 글자를 쳐다보면서

이렇게 슬픈 것은 처음인 것만 같다
이렇게 가벼운 것은

네 손은 축축하지 우리는 네 손을 양서류라고 불렀다
마치 우리가 다른 생명체를 돌보는 것처럼
나는 가질 수 없는 것들에 대해 골똘해지고 나는
희연과 일 분단 맨 끝에 엎드려 같이 듣던 노래

디르앙그레이, 언니네이발관, 라디오헤드, 루나씨, 시규어로스, 모임별, 말리스미제르, 「버스정류장」 OST, 비요크, 듀르퀠츠, 모과이, 동경사변, 전자양, COCO, MOT…… 우리는 한쪽씩 이어폰을 바꿔 듣곤 했지 제일 좋았던 건 라디오헤드와 베토벤을 섞어 들었을 때

미친 것 같은
미쳐버릴 것 같은
시간들 뒤죽박죽 음악들

나는 거꾸로 거꾸로 아코디언처럼 납작해졌다가
무한대처럼 파도처럼 죽은 코끼리처럼 새벽 고가도로처럼 펼쳐지는 그런 시

그럼 리듬 속에서
빛이라는 글자의 명암 속에서

축축한 손을 움켜쥐고서
흔들리는 것은 모두 잎이라고 믿으면서

## 이름 위에 검은 선을 긋고 붉은 색연필을 꺼내 네 이름을 적었다

김희연

은빛 은빛 은빛 은빛 은빛 은빛 은빛 은빛
은 빛 빛 은 빛 은 은빛 빛 은 은빛 은빛 은빛 빛 은빛 은빛 빛
빛 은빛 은빛 은빛 빛 은 빛 은 은빛 은빛 은빛 은빛 은

빛 은 빛 빛 은 빛 은빛 은빛 은빛 은빛 은 은빛 은 빛 빛 은 빛 은
은빛 은빛 은빛
빛빛 은빛 은빛 은빛 은빛 은빛 은빛 은빛
은 빛 빛 은 빛 은 빛 은빛 은 은빛 빛 은빛 은빛 빛

은빛 빛 은 빛 은 은빛 은빛 은빛 은빛 은빛 은
빛 빛 은 빛 은 은빛 은빛 은빛 은빛 은 은빛 은 빛 빛 은 빛 은 은빛

은빛 은빛 은빛 은 빛 은 빛 은 은 빛 빛 은은빛 은빛
은빛 은빛 은은빛 빛빛빛 은빛 은빛

은빛 은빛 　　빛 은 빛 은 은빛 은빛 　은빛 은빛
　　　　은 빛 빛 은 빛 은 은빛 　빛 　은은빛 　빛

미친 흐름과 미친 숨과 미친 웃음과 미친 섬망과 미친
이 미친 미친 반복 속에서

단지 아직 씌어지지 않은 이상하고 기괴한
장편 이미 씌어진 장편
나는 문장을 지우려고 미래에서 온 사람

남자들이 여자아이를 데리고 산으로 갔다
두 남자가 발목을 잡았다
남자들은 삽으로 흙을 떠 쏟아부었다

지워버려야 해

두 다리가 공중에서 떨렸다

새파란 얼굴

아무도 여자아이의 표정을 볼 수가 없었다
얼굴이 흙 속에 있어서

매일 똑같은 꿈에 시달리고
용서할 수 없는
나는 검정 속에 누워 검정이 되어가면서
울었다

나를 돌려달라고

혓바닥들
미칠 것 같은
공포 속에서

영혼 같은 거 안 믿어

나는 과거로 돌아온 속죄양 나는 늙은 작가 나는 온종일 한 문장만 생각해 아주 중요한 것을 만질 때처럼 조심

스럽게 끝없이 만지면서 머릿속에서 굴리며

나는 온전하고 나는 온전하다 나는 한 번도 나의 바깥이었던 적 없다 그것은 내가 침묵을 지킬 줄 안다는 뜻

은빛 실로 꿰어 만든 글자들
창백한 두 다리

그것이 내용의 전부다

나는 아무런 원인도 없다
나는 잘못 조립된 기계의 부품이다

네 이름을 잊고 살았어

캄캄한 방에 누워/비스듬히 어둠에 잘리면서 나는/희연이 나무 뒤에 서 있다/뒤돌아 뛰어간다/모두가 지껄이며 손가락질하던 그 창백

잊히지 않는 장면 눈 속에서 되풀이되는 이것이 나의 과거 당신이 쓴 대로 영원히 당신이 소설에 그렇게 써버렸기 때문에 수없이 존재하며 사방천지에서 괴롭힘을 당하며 거꾸로 처박혀 있다

너는 머리를 기르고 너는 치마를 입고 너는 셀카를 찍고 너는 미소 짓는다

무엇이 한번 놓였던 자리를 잊지 못하는 아이가 있다 아이는 그 자리를 볼 때마다 사라진 것을 생각한다 사라진 것을 생각한다 그것의 이름을 부른다 나는 아이가 이제 그만 잊었으면 좋겠다

이 미친 어둠 속에서
거대한 흔들림 속에서

이 모든 것이 그런 식으로 씌어졌다 이 시에서 무엇이 지워졌는지 그 빈자리들을 짚어보라 이름을 불러보라 그럴 때 손끝에서부터 시작되는 작고 예리한 통증 은빛 실

이 지나가는

내가 도착한 곳은 나의 의도

빛을 찔러 넣으면서
수도 없이 다시 다시 찌르면서

이 미친 아름다움 속에서
빨강으로 시작해서 빨강으로 진행되었지
빨강 속에 있으려고 빨강이 되려고 안간힘 쓰는
그런 소설

미래에서 온 나를 만나면 뭐라고 하지?
미래에서 온 나는 무슨 말을 하지?

그걸 쓰지 마
그걸 쓰지 마

은빛에 꿰여 대롱대롱 흔들리는 우리 인간들

끝없이 펼쳐질 것 같은 예감으로

# 목소리 영원 해안

숨을 참고

끊어질 듯 끊어질 듯 끊어지지 않는 노랫소리 희미하게 공기에 묻어 있었고

그것은 목소리라고 할 수 없다.

(바람이 들불처럼 지나가고)

그것은 숨을 몰아쉬는 짐승의 낮은 그르렁거림 어둠 속에서 마침내 모든 것이 끝장날 것 같은 그렇지만 아무런 사건도 없는 정적인 어둠 속에서 끝나지 않는 길고 긴 문장처럼 파도가 쳤고 기울어진 가로등 아래 서서 나는 망했다, 망했다, 그런 생각만 들 뿐이었고 더 이상 어디로 가야 할지 무엇을 해야 할지 알지 못해 망연할 때 눈을 감고 나는 벤치에 앉아 갑자기 치매에 대해 생각을 했는데 내가 만약 치매에 걸린다면, 기억을 서서히 잃는 것이 아니라 스스로 꾸며낸 모든 것을 믿는 증상에 시달리게 될 것이다. 가만, 그런 것을 치매의 범주 안에 넣을 수 있나? 만들어낸 인물을 찾아 헤맬 것이고 있지도 않은 장소에 당도하려고 내내 떠돌기만 할 것이고 모든 것을 믿느라 아무것도 믿지 못하게 될 것이다. 눈을 감고 쇠잔해

진 나를 생각하며 쇠잔에 한 걸음 다가서며 영원의 손을 잡고 차가울 것 같지만 그렇지 않았고 따듯하지도 않았지만 단지 아픈 느낌. 설명할 수 없다. 웃으며, 노래 부르며, 아니야 내가 생각한 것은 네가 아니야.

거꾸로 감기

나는 영원을 보았다. (추락하는 영원, 떠오르는 영원, 멈춰 선 영원, 영원 속에서 영원히 영원한 영원) 그래. 해안가를 따라 걸으며 보았다. 하얄 것이라고 생각하겠지만 그렇지 않았다. 빨갛지도 검지도 않았다. 보았지만 투명했고 투명했지만 무색이라고 할 수도 없었다. 영원의 얼굴 영원은 눈 코 입이 없었고 마땅히 얼굴이라고 할 만한 부위도 없었다. 그렇지만 나는 눈을 마주쳤고 느꼈고 몸서리쳤다. 팔랑거리는 투명한 영원 뒤로 해가 지고 있었다. 둘은 겹쳐져 영원은 꼭 불에 타고 있는 것 같았고 나는 영원, 하고 속으로 불러보았다. 영원의 이마를 관통하는 태양의 검은 손 이마가 있다면 그곳이 이마일 것이며 태양의 눈과 영원의 눈이 동일 선상에 놓여 있을 때 그 눈과 마주하며 이상한 기시감을 느끼며 자기 얼굴이 제일 낯설어 보일 때 그런 묘한 기분 그것이 영원이라는 생각을 한 것은 집으로 돌아와 누웠을 때 아니면 집으로 돌아오는 길 차 안에서였나? 영원은 영원답게 영원이라는 느낌이었고 갈매기가 날아다니며 어지럽게 공중을 풀어 헤치고 있었고 나는 오래전에 만났던 사람을 문득 떠올렸는데 왜일까? 해안가를 따라 걸으며 해가 지고 어둠이 찾아올 때까지 해안가를 따라 걸으며.

# 도움받는 기분

나는 네게 시를 읽어준다. 제목은 학교야. 이렇게 시작해. 학교에 가면 책상이 없었다. 책상을 찾아 다녔다. 어떤 날은 화장실에서, 어떤 날은 화단에서 책상을 찾았다. 책상엔 이렇게 씌어져 있었다. 씨발년 죽어. 이런 시야. 너는 음, 소설 같은데 하고 말한다. 나는 빨간불이 켜진 교차로에 서서, 그건 정말 있던 일이야. 그래? 그래서 서사적인가 봐. 네가 말한다.

다시 학교를 읽어본다. 네게 읽어주지 못한 뒷부분도 읽는다. 매일 혼자 벤치에 앉아 있던 얘기, 기억상실증에 걸리게 해주세요. 종말이 오게 해주세요. 빌고 빈 얘기. 아침이 오는 게 싫어 밤새 깨어 있던 얘기. 아무 일도 일어나지 않았다,로 끝나는 마지막 문장까지.

너희가 보낸 발신자 없는 문자를 받을 때마다 미칠 것처럼 무서웠다. *#죽어. 죽어. 죽어.#* 문자들. 책상을 찾아 교실 맨 뒤에 놓고 엎드려 있으면, 너희는 키득거리면서 웃었지. 미친년 밤마다 한강에 가서 서 있는대, 그러면 폭주족들이 태우고 다니다가 돌아가면서 한대, 손가락질하면서 까르르 웃었지.

내가 스무 살이 되어 처음 데이트를 했을 때, 너희는 뒤 테이블에 앉아 있었지. 너희는 크게 다 들리게 욕을 했지. 애인은 나를 창피해했다. 나는 슬프고 무섭고 화가 났어. 마음이 와르르 무너졌어. 왜.

나에게만 다른 중력이 작용했어. 세계가 이렇게 파랗고 무겁고 사람이라는 것이 이렇게 악의로 가득 찰 수 있다는 게, 이상했어. 그치. 봉인된 검은 상자들이 내 안에 쌓여. 그 안에 기억들이 켜켜이 썩고 부서지고 지독한 냄새를 풍겨. 어떨 때 나는 단지 상자들로 이루어진 부패 덩어리지.

참 이상하다 그치. 이 시는 발표하지 못할 거야. 나는 자꾸만 중학교 때로 돌아가 그때를 생각한다. 빈집에 돌아오면 도시락을 꺼내 먹었다. 그리고 소파에 앉아 브라운 신부 시리즈를 읽고 또 읽었다. 영스트리트 스위트뮤직박스 고스트스테이션 고릴라디오가 끝날 때까지 라디오를 들었다.

사물함 뒤에서 머리카락이 몽땅 잘렸을 때

가윗날이 귀 끝을 스칠 때 차가움과 공포

계속 걷다가 걷다가 끝없이 걸을 수 있을 것 같은 마음이 들던 순간. 그렇게 무언가를 건너고 다른 사람이 된다면 어떨까, 상상하던 오후의 빛, 칼처럼 꽂혀 있다. 마음.

왜. 너희에게 주고 싶던 한마디. 나는 죽지 않고 살아서 쓴다. 읽어봐. 기억나? 책상을 찾아 헤매던 찢긴 그림자. 물에 젖은 여자애. 비명처럼 가벼운 날들.

나는 어쩌면 너를 만나 이것을 다시 읽어줄 거야. 응, 골목을 헤매는 생쥐 같은 심정으로 전부 다시 쓸 거야.

하얀 얼굴과 초록. 정적 속에서 일어나던 살인 사건. 그걸 해결하는 늙은 신부. 펄럭이는 커튼, 가느다란 기도 소리, 피가 빠져나간 몸의 형상. 종이를 펼쳐 적었지. 먼

미래는 없고 기적만 있는 과거들과 표현할 수 없는 길들. 보도블록의 금들 회색 붉은색 건너뛰며 걷고, 비행기가 날아가는 하늘을 멍하니 보면서 선 캡을 고쳐 쓰며 나는 많은 친구야. 지하철에 앉아 버스 정류장에 앉아 꾸벅꾸벅 졸면 매번 새로운 꿈, 매번 똑같은 꿈. 무지와 기억을 탓하며. 조금씩 더 어려졌지.

우물에 대해
들판 한가운데 놓인
우물에 대해
자정에 우물을 들여다보면
그 안에는 달이 들어 있고
가늠할 수 없는 찬란과
어둠이 함께 흔들린다

이계의 창처럼 숨 막히게 아름답지

서로 마주 보는 기쁜 마음

모두 죽게 될 거야

## 연결 지점

노랑과 검정
빨강과 검정
초록과 검정

텅 빈 무대에서 노래 불러
노래 불러

엄마 아빠
안녕히 계세요

이제부터 누구에게 미안해야 할지
사슴의 마음으로 고민하고
사자의 발톱으로 점쳐보았지요

세상에는 나쁜 것이 너무 많고
자꾸만 다 보이는데
왜요?

말하면 안 되는 것처럼

고자질하는 애를 혼내는 눈빛으로
보세요?

재스민은 몇 년 동안 꽃 피우지 않고
유리호프스도 꽃 피우지 않아요
블루베리도요

엄마
엄마

부르면 아파져요

토끼의 귀로 듣고
조개의 발로 이동하며

꽃이 없어도 죽지 않으면 좋아요

*

반성은 짧고요

질 나쁜 생각하며 살아요
일희일비하며

검정 다음 검정
검정 다음 검정

다정하고 아름다운
갈피갈피 정다운
하얗게 빛나는

섬을 섬이라고 말해도 누구도 눈총 주지 않는

구름입니다
총입니다
초록 잉크입니다

달력입니다

한없이 풀리는 길고 긴 실타래입니다

커다랗고 커다란 숨을 쉬었지요
그림자의 방향이 바뀔 때까지

선아
사랑해

꽃도 열매도 없이 오래 살자

누구의 꽃도 되지 않으면서

미안하다고 말하지 않아도 되는 곳에서

# 키를 찾아라

매일 일기를 썼지. 아,로 시작해서 아,로 끝나는. 토마토가 익는 동안. 거짓말을 하는 사람이 거짓말을 하는 동안. 이 계절에 대해 단 한 마디도 할 수 없을 때. 다람쥐의 앞 발톱이 휘어지는 것과 같지. 아니지. 잘 익은 토마토를 데치는 동안.

다람쥐 조련사는 다람쥐를 본 일이 없다. 그의 가능성은 무궁무진하다. 그는 종교가 없고 토마토 요리를 하지 않고 영화를 보며 운 적 없다. 아닌 것 같은 아닌 것. 중첩되며 나타나는 효과는 아무를 아무에게 돌려줄 아무와 아무를 아무에게서 빼앗을 아무를 아우른다.

나무가 새를 날려 보낸 것은 아니다.

다람쥐의 줄무늬는 아니지. 물론. 아, 무릎을 꿇고, 갉아대는 리듬, 초를 켜고, 양손을 맞대고, 아아, 그것도 아니지. 연기가 연기에 올라타는 동안. 오후의 빛을 움켜쥔 창문은 아니지. 어쩌면 빛의 오후를 움켜쥐는 창문에 가깝겠지만, 튀어나온 날개 뼈, 땅 밑의 초록이 솟아오르는 동안.

눈물에선 케첩 맛이 난다고 했지.

색과 색 사이 공백처럼.
비껴 잘린 토마토의 절단면처럼.

그러나 사자가 단숨에 목뼈를 물 때처럼 시원했지. 수명이 다 된 전구가 오래도록 깜박이는 동안. 달팽이관처럼. 얇은 막을 벗겨내는 동안. 아, 여기서부터 잘못된 거지. 깍지 낀 손을 빼는 종소리. 으깨지는 붉은 즙. 붉고 부드러운 감촉. 부드러운 냄새. 말을 잃을 것 같은 예감에 사로잡히지.

## 禍彬

가시가 많은 섬이었다. 가시가 많은 섬을 보며 가시가 많은 섬이구나, 생각했다. 네가 말했다. 가시가 많은 섬이네. 응, 가시가 많은 섬이다. 내가 대답했다.

가시가 너무 많아 발을 뗄 수 없다. 우리는 꼼짝없이 어깨를 붙이고 서서 파도가 밀려왔다 부서지는 걸 본다.

이제 어떻게 하면 좋지. 너는 옛날얘기를 한다. 있잖아, 이렇게 가시가 많은 섬을 표시할 때 지도 위에 화빈禍彬이라고 쓰곤 했대. 할머니가 가르쳐준 적 있어. 잘못 알고 그 섬에 들어가지 않도록 말야.

이 가시들은 다 어디서 왔을까, 끝없이 무성생식하는 세포들 같다, 그치? 저길 좀 봐. 저쪽에서 누군가 걸어오고 있어. 온몸이 가시에 찔린 채 피를 철철 흘리며. 그는 무어라고 말하려는 듯 손을 들어 올렸다. 손바닥에서 피가 흘러내렸다.

참, 가시가 많은 섬이죠. 그가 쥐어짜듯 말했다. 네, 참

가시가 많네요. 우리가 동시에 대답했다. 사방을 둘러보아도 가시뿐이다. 미지근한 땀이 팔을 타고 흘러내려 손바닥에 고인다. 만약 우리가 새라면 날아갈 텐데. 상공에서 내려다본 섬은 작은 밤송이 같을까?

화빈. 그건 빛나는 재앙이라는 뜻이고 그건 경고.

나는 화빈, 하고 입속으로 발음해본다. 이상한 말이다. 가시가 많은 섬. 가시가 많은 섬. 가시를 위해 바다 아래서 솟은 땅 같은 섬.

# 언니의 시

모래 속에서 시작해
빗속에서 시작해
눈보라를 안고 시작해
……

언니, 언니가 그렇게 썼잖아 나는 그걸 읽고 언니, 그것의 제목은 무엇이었을까 이제 기억나지 않아 언니 나는 단지 언니의 아름다운 시를 읽고 얼굴이 빨개졌을 뿐인데 왜냐하면 어떤 것은 꼭 내 꿈속에서 일어난 일 같고 어떤 문장은 내가 잊기 위해 평생 애쓴 계절 같아 나는 가끔 언니가 너무 밉고 너무 좋고 언니의 시가 너무 아름다워서 나는 나를 벗어버릴 것 같고 영원히 내가 될 것 같은 기분이 들어 언니

언니는 나한테 시를 쓰라고 했잖아
써봐 은선아 넌 잘할 것 같아

흔들리는 가지들

흔들리는 하얀

숲

이상하고 불길한

영원에 대한 예감으로 가득 찬

숲

언니 언니 어떤 문장은 사람을 가두는 울타리가 된다? 언니 나는 언니에게 갇혀서 시작해 차가운 빛에 잠겨 시작해 나는 나는 막 써버릴 것처럼 부풀어 올라 벅차고 떨리고 막 무엇이든 쓸 수 있을 것처럼 전능해져 빨리 쓰고 싶어 안달이 난 채로 가장 가볍고 커다란 존재가 되어

책상에 앉아

자판에 손을 얹으면

언니 나는 우물쭈물하며 쪼그라들어 아무것도 쓰지 못하고 그냥 그냥 내가 기억하는 언니의 시 몇 줄 따라 써봐 언니 의기소침하게 나는 갈비뼈 사이에 손을 넣어 심장을 꺼냈다고 새를 꺼냈다고 사라졌다고…… 그렇게 써봐

언니 왜 그렇게 생각했어? 만나면 물어보고 싶은데 이제 그럴 수 없는데

나는 너무 무서워 언니
나한테 모든 것을 물려준 것만 같아서 그게 견딜 수 없이 무서워

언니는 내게 꿈에 대해서는 쓰지 말라고 했는데 사랑 얘기도 가족 얘기도 나에 대한 것도
질문으로 시작하라고 했는데 나는

언니의 시는 아름답고
언니의 시는 끝과 시작이 함께 있고 죽음과 삶이 동시에 진행되고 모든 것이 돌연하게 질서 안에 있고

눈물로 끓인 수프처럼 짜고
웃음을 반죽한 과자처럼 아프지

모래 속에서 빗속에서 눈보라를 안고 있으면 너무 춥고 너무 힘들지 않을까 언니가 적은 대로 언니가 그렇게 지낼까 봐 걱정이 돼 언니, 언니

시가 뭘까

언니 나는 궁금한 것이 없어
그게 제일 궁금한데 그런 것도 모르면서 시를 써도 될까?

나는 책상 서랍을 열고 가위를 꺼내 머리카락을 잘랐다 왜 그랬는지는 모른다 그러고 싶어서
초록 깃털로 뒤덮인 커다란 얼굴이 나를 내려다보고 있었고 나는 잘린 머리카락을 얼굴에게 내밀었다

처음으로 모든 것을 이해하게 된 것처럼
사슴이 사슴인 것처럼

기원 이전으로 돌아가 텅 빈 무대에서 나 환영을 보지

않는다 지금

중력에 대해
거친 섬유 속 감춰진 손에 대해

나는 가위를 내려놓고 썼다

돌은 돌의 무게로 놓여 있다
그것은 검다

이렇게 썼다
초록 얼굴의 이야기도 썼다 가장 먼저 보여주고 싶다

언니,

생각할 때마다 나는 조금씩 딱딱해져간다

# 죽도록 생각하다*

쉽게 잠들지 못하는 허공의 줄과
이 비밀 첫니가 나는 아픔 도대체 얼마나 클까
쉽게 잠들지 못하는 손과
할 말 다 하겠다고 결심해도 아무 생각도 떠오르지 않으니까
암수 은행나무들이 마주 심어진 길에서

욕하지 않고 술 마시지 않고
비 맞으면서 걷는다 혼자
나무에도 암수가 있네 생각해
〈왓치맨〉에서 닥터 맨해튼은 로리에게 말해
*너는 나에게 함께 저녁을 먹자고 하고 싶지 근데 그러지 않아*
*내가 거절할까 봐 두렵거든*

걷다가 알 수 없는 위험에 휘말렸으면 좋겠다고
알 수 없는 힘이 생겨서
비열을 넘어설 수 있을 것만 같고
며칠 전 버스 정류장에서

쭈그리고 앉아 소주를 마시던 할아버지

*사는 거 힘드시죠? 조금만 참으세요! 조금만 참으세요!*

*사는 거 힘드시죠? 사는 게 견딜 수 없죠?*

소리 질렀지 모두 무심히 버스에 올라탔고

난 청포도에 대한 소설을 쓴 소설가를 인터뷰하는 시를 썼어

청포도, 청포도 하고

무릎 꿇고 두 손 모으고

*청포도, 청포도*

리버 피닉스가 짧어졌던 삶과 그의 부모 같은 것

인터넷에서 관용적으로 쓰는 영원히 고통받는 어쩌고 그런 말도

난 그냥 사랑이 하고 싶어

북 치는 원숭이 공 위를 구르는 코끼리 줄에 매달린 빛들

*잘 지내? 네 생각해* 하고

여기저기 전화 걸어봤어 아무도 받지 않고

모두가 함께 있는 상상

영혼이라는 말을 믿을 수 없고 다정하던
우리가 취해 서로 악을 쓸 때
서로의 잘못만 기억할 때
바람에 흔들리는 천막의 수상함

청포도, 청포도
수런거리는 초록 버스의
믿음, 배반, 반복, 순환
죽는다고 믿었어
언젠간 죽겠지 그치만

그림 밖의 화가처럼 돌연히
끝나는 장면을 기다렸어
조금만 참으면

벼락처럼 새로운 사건이 생기고 눈이 내리고 거기서
다 끝날 테니까 절망도 잠시뿐이니까

두 팔이 잘린 몸에서 솟구치는 피를 봐
죽지 않았을 때의 실망감과 안도감
죽은 언니를 생각할 때의 죄책감과 은밀한 기쁨
24시 맥도날드에 앉아 밤새 남의 시를 베껴 적었던 일

왜 내가 아니었을까,

쉽게 잠들지 못하고 뒤척이는
반복해서 물어봐
선생님 그때 그냥 할 걸 그랬죠?
나는 총기 소지에 대해 역사 교과서에 대해 벽돌을 던
진 초등학생에 대해
생각하고
돈 생각해

살고 싶어서 빛은 검정 속에 있고

*나는 언니를 낳았지*
눈물이 많고 떨어지지 않으려 해
*쉽게 잠들지를 못해*

이런 말 할 수 있을까
밝혀진 쇼윈도를 보면 돌 던지고 싶고
길에 내놓은 화분을 보면 밟고 싶고
의미 없는 살인을 저지르고 반성하지 않을 수 있을까

왜 나만 여기 남아
가짜 얼굴로 가짜 말을 하고 가짜로 숨
결국 모두 지워버릴
발끝 내려다보고 창에 비친 적막을 듣고
네가 아팠으면 아프다고 보고 싶다고 전화 걸었으면

삶이 시작되려 할 때
바람도 숲도 눈물도 없이
새도 아이스크림도 혓바닥도 없이
삶이 막 시작되려고 두근거릴 때

눈과 눈을 기억하는 사람의 차가운 손과
기침 소리 짧게 공기를 흔들던 순간과
두번째 세번째 이가 나고
스무 개의 영구치를 갖게 될 때까지
몽땅 썩어버릴 때까지

사랑에 대해 믿음은 맞물린 이처럼 단단할까
너는 묻지 않지

두꺼운 옷을 입고 커다란 모자를 쓰고
뭘까 이 부피는 무게는 뭘까 반복되는 배반과
조류의 난망함 같은

아무도 모르는 말들을 잔뜩 적어 산속에 묻고 싶다

욕을 듣고 싶다
얻어맞고 싶다

왜 내가 아니었냐고

아무도 묻지 않는다

그런 말도 할 수 있을까
생살이 찢기는 아픔
쉽게 잠들지 못하고 밤새 두근대는
청포도**

* 파스칼 키냐르.
** 노략질을 일삼으며 살았습니다./빛을 빛이라고 말하는 게 싫었습니다./나는 기다렸고/기다림은 내게 삶과도 같은 것이었습니다./거기에도 중력이 있고 물과 공기가 있습니까./나는 믿지 않습니다./섬을, 전신주를, 겨울을, 눈 감은 얼굴을, 고요를./사랑은 웃고 있었습니다.

# 코카 · 콜라

흐릿한 청각으로 배우는 날씨 어둠을 빗지고 솟구치는 추상 빙판 위를 미끄러지는 하얀 자동차 길고 긴 노래를 미처 다 듣지 못하고 꺼버린 밤 노래는 이제 어디에도 없지만 흐릿한 청각만이 나무처럼 남아 어디에도 도착하지 않은 결말에 대한 예감만이 날개 위를 선회하고 아무도 모르는 말로 눈 위에 썼습니다 죽고 싶어 그렇게 썼지요 쓰고 나서 꾹 밟아버렸습니다 얼어붙은 말 얼어붙은 입 얼어붙은 빛 윤곽만으로 뒤척이는 공중의 가지들 네 작은 손짓의 의미를 생각하느라 매일매일을 다 써버렸어 눈이 내리는 풍경 속에서 세계가 함몰될 것 같은 풍경 속에서 나는 최소한의 언어로 모든 것을 누설하고 최대한의 언어로 무의미에 도달하고 싸움과 춤과 기도와 독서 사이렌을 울리며 구급차가 지나가는 것을 보다 울음을 터뜨리다 코카 · 콜라 코카 · 콜라 차갑고 따가운 코카 · 콜라 가장 선명한 눈으로 아이와 함께 골몰을 걷고 나무야 나무야 서서 자는 나무야 영혼을 다 써버린 마지막 표정으로 우체국에 들러 급하게 편지를 쓰고 부치지 못한 채 구겨서 주머니에 쑤셔 넣은 몇 문장 이렇게 좋을 수는 없는데* 이렇게 좋을 수는 없는데 어둠을 가로지르는 헤드라

이트 흙 속의 차가운 감자알 지나가는 어깨를 보며 아이는 아빠 소리쳤는데 아니야 아빠 아니야 손을 붙잡고 정류장에 앉아 나무야 나무야 다리 아프지 솔방울처럼 벌어진 마음으로 자꾸만 기차가 나를 치고 지나가는 꿈을 꿨고 물에 잠긴 다리 위에 서서 끝끝내 이름도 모르는 누군가를 불러야 될 것만 같아 그건 네가 했던 이야기의 일부분이었거나 내가 읽은 소설의 일부분이었겠지 거실 불은 항상 켜 있었고 산복터널까지 걸어갔다 돌아왔고 이진법에 대해 한동안 생각했고 내가 태어나던 때에 심었다는 라일락 창문을 닫아도 온 집 안을 진동하는 그 끔찍한 향기 그런 것들에 대한 시를 한 편 썼고 버렸고 소리굽쇠의 모양 진동 울림 그리고 인간을 구성하는 물질에 대해 충분히 슬퍼질 수 있을 때까지 일어나지 않은 일과 일어난 일과 모든 개별자의 의지와 욕망에 대해 기분이라는 말에 대해 코카·콜라 코카·콜라 코카·콜라 코카·콜라를 마시면서 코카·콜라 반복할수록 이상하고 좋은 것의 무정형에 골몰했고 라마단 기간의 교통 체증과 라마단 기간의 밤거리 미친 것 같은 왁자지껄함을 목도한 일을 따흐릴 광장 폭격된 힐튼호텔 뜨겁고 흐릿한 모래 도시 같은

왜곡된 기억들을 하나하나 되짚으며 나무야 나무야 누워서 자거라

* 엘리자베스 스트라우트, 「약국」(『올리브 키터리지』).

## 바벨

음악가는 새로운 것을 만들고 싶다 음악가는 먹으며 걸으며 씻으며 자며 새로운 음악을 생각했다 무엇이 새로울까 생각했다

음악가는 기존의 창작을 통해 새로운 음악에 가닿을 수 있다고 생각했다 자신이 만든 음악을 여러 테이프에 녹음한 다음 숲속에 언덕 아래 모래 더미에 썰물이 빠져나간 갯벌에 집 앞 뜰에 버려진 흙 속에 묻었다

훼손된 것이 곧 예술이 될 것이다 훼손된 것이 예술이다 훼손은 예술이다 음악가는 생각했다 음악가는 한 달 뒤에 테이프를 모두 수거했다 그는 플레이어에 테이프를 넣어 음악을 디지털 파일로 변환했다

지지직 지지지지직
직직직직지지

음 사이사이 이런 잡음이 섞여 있을 뿐 그다지 새로운 점은 없었다 그는 세 가지 작업을 수행하기로 했다

1. 여러 개의 테이프에서 변환한 디지털 파일을 모두 겹쳐 하나의 파일로 만들기

2. 훼손된 부분만을 모아 한 곡으로 만들기

3. 훼손된 부분이 빠져나간 공백을 남겨 음악을 진행시키기

1번은 주파수가 맞지 않는 라디오 같았다 2번은 아주 고장 난 무전기 소리 같았다 3번은 그 공백의 돌연함이 신선했지만 아직 완전히 새롭지 않았다 음악가는 생각했다 어떻게 해야 좋을까 생각했다

4번이 필요해

그는 누워서 생각했다 뛰며 생각했다 울 때도 생각했다 어떻게 할 수 있을까 생각했다 그는 두 가지 대안을 생각했다 그 대안이 4번이다

4. 1, 2, 3을 합쳐서 하나의 파일로 만든 다음 거꾸로 진행시키기

그는 그런 생각을 했다 울면서 생각했다 이번에는 새로울 거야 하고

그렇지만 새롭지 않았다 그냥 이상하기만 했고 들어줄 만하지 않았다 음악가는 너무 슬펐다 어디서부터 다시 시작해야 할지 막막하기만 했다 그는 술에 잔뜩 취해서 침대에 누웠다 너무 슬펐다 마지막으로 4번을 다시 들어 본다

지지지지지 직 지직직 직직 지지지
직직직 지지지직직지지

음악가는 음악인지 아닌지 모를 소리들의 총합 속에서 생각한다 새로운 것을 만들 거라고 새로운 것을 만들 거라고 음악가는 꿈속에서 또 생각한다

# 나는 잠든 네 눈 속에 어떤 장면이 있는지 몰라

노래하던 사람이 말을 시작했을 때
객석에 앉은 모두가 잠들었지
잠든 채 숲으로 걸어 들어갔지
무엇에 이끌리는지도 모르고

나는 많은 이야기를 만든 적 있는데
어떻게 그럴 수 있었는지 알 수 없고
저주와 축복
이상한 비밀
돌고래라고 부르자 그걸

귀와 귀를 꿰매 이으면
같은 소리를 듣고 같이 잠들 수 있을까
네가 물어서 그냥 웃었어

먼저 자면 안 돼
그래서 네가 잠들 때까지 곁을 지켰어
잠든 얼굴 한참 내려다보다 돌아오던 육교
난간 아래로 질주하던 새벽의 붉고 노란 빛

쏟아지는 빛이 그리는
그때 나는 왜 육교 아래로 핸드폰을 집어 던졌을까
곧장 뛰어내려 찾아 헤맬 거였으면서
울면서 울면서

아슬아슬 경적을 울리며 지나가는 속도

언덕을 올라가는 길엔 〈추락위험〉 푯말
우리는 달을 보며 먼 곳
산과 달 산과달
달빛은 물결 위로 이지러지고
검은 바다가 밀려오고 밀려가는 것을

아름다움을 함께 뒤집어쓰는 건 멋져
홀린 거지 단단히 씐 거지 기묘한 아픔이지

숲은 공기로 가득 차 있고
빽빽한 나무 사이로 올려 봤던 조각난 하늘
멈추지 말아요 멈추지 말아줘

모두가 동시에 기도했고
이루어지지 않을 기도라는 걸 알면서

노래가 다시 시작되면 우린 단숨에 깨어나고
절망과 유사한 방식으로 침묵에 잠겨
처음 환희를 알게 된 것처럼

일그러진 얼굴로
노래를 견디지

자는 사람은 죽음과 가까워 보여 위태로워
사랑에 빠질 것 같다
그걸 돌고래라고 생각했고

네가 기억상실증에 걸리면 좋겠다
제일 먼저 보게 될 세계
숲 숲 숲 걷고 있는 숲 달리는 숲 노래를 멈춘 귓속의 숲
나는 아무것도 가르쳐주지 않을 거야

물속의 물고기들 빛나는 물무늬를 이으면
그건 별자리 같고 불타는 마을 같고

봐 바다야 봐 나무야 봐 이건 체온
빨갛게 부풀어 오르는

# 반복과 나열

숲은 빛으로 부푼다 검은 글씨로 검은 것을 파란 글씨로 파란 것을 쓴다 숲은 빛으로 부푼다 나선의 계단을 오른다 숲은 빛으로 부푼다 책을 펼친다 숲은 빛으로 부푼다 숲은 빛으로 부푼다 파랑새가 가득한 캔버스에서 파랑새를 지운다 숲은 빛으로 부푼다 눈이 내린다 숲은 빛으로 부푼다 눈은 온 도시를 뒤덮고 흔들고 울부짖고 웃고 움켜쥐고 나뭇가지를 뚝뚝 부러뜨리고 유연할 수 없는 것들 휘어지다 깨져버릴 때 가장 어려운 침묵이 발생할 때 숲은 빛으로 부푼다 계란 두 알 식빵 한 봉지 베이컨 숲은 빛으로 부푼다 거짓말을 한다 숲은 빛으로 부푼다 진실을 말한다 숲은 빛으로 부푼다 얼굴을 오래도록 바라본다 숲은 빛으로 부푼다 ;= 펭귄을 봤네 부리가 뾰족했네 눈이 까마네 이름을 지어줬네 인사를 했네 안녕 못 알아듣네 눈 위에 배를 대고 미끄러지는 펭귄

숲이 빛으로 부푼다

¿

죽은 사람을 만났네 똑바로 볼 수 없었네, 나였네
나와 내가 마주 보는

소실점 속에서

숲은 빛으로 부풀고

숲은 빛으로 부푼다를 빼고 이 글을 다시 읽어보세요
이상합니다

이제 내가 소녀와 소년 얘기를 해줄까

휘파람 소리
슬레이트 지붕 위로 비 쏟아지는 소리
눈물이 볼을 타고 흘러내리는 소리
네가 머리를 쓸어 넘기는 소리
죄를 고백하는 나의 목소리
갑자기 터져 나오는 웃음소리
낭독이 끝난 뒤의 박수 소리

경적 소리
오래된 나무가 한밤중 삐걱하고 틀어지는 소리
침묵에 가까운 네 숨소리

어째서 내가 숲이 빛으로 부푼다고 끝이 없을 것처럼
적어댔는지

말씀드리겠습니다

유리창이 깨지고 눈발이 마루에 들이치던 밤을
심장이 뛰는 소리가 온몸을 뒤흔들던 고요를
피와 피가 뒤섞이고 눈물이 비명의 앞을 가리던

용서의 시간
기도의 시간

귓속에서 날갯짓 안쪽으로 파고들던 나방
사각사각

팽창하며 뒤틀리며 열어젖혀지는 감각을

말로 할 수 없는 절박을

말씀드리겠습니다

¿

내가 그린 그림 내가 지운 그림 내가 나의 허물 속에서 상상한 그림 끝없이 미끄러지며 녹고 있는 그림 다정한 그림 맞잡은 손에 관한 그림 눈이 만드는 고요를 호흡처럼 내재한 그림 아름다운 세 사람이 각자의 세계 속에서 온전히 홀로인 그림

숲은 빛으로 부푼다
숲은 빛으로 부푼다

밤이 끝나고 아침이 오듯
정전된 도시를 가장 높은 탑에서 바라볼 때

차례로 무너지듯 건물의 불이 나가는 것
도미노처럼 쓰러지는 빛을 볼 때
낭독 중인 시인의 입속에서
흘러나오는 문장이 흔들리며
청중의 귀에 가닿는 것

그림 속에서 영원히 한 곳을 응시하는
여섯 개 눈동자의 방향처럼

열리는 것
열리는 것

숲은 빛으로 빛으로

¿

이 시의
숲은 빛으로 부푼다 대신

새의 날개를 찢는다
혹은
벽에 못을 박는다
혹은
절벽이 쏟아진다
혹은
당신이 좋아하는 다른 문장을 넣어 읽어보세요
크게 달라지는 것은 없겠지요

가장 빠른 속도로 뜀박질하는 상상을 합니다
심장 박동은 점점 빨라집니다
비밀의 개수를 세어보세요
적어보세요
검은색으로 파란색으로

가장 큰 소리로 비명을 지르세요
창문이 깨질 때까지

그런 가능을 염두에 두세요

¿

펭귄

달력

스테이플러

미끄럼틀

펭귄

인간의 존엄과 인간의 악의

기도의 시간
용서할 수 없는

숲

¿

많아집니다 점점 불어납니다 당신을 잊지 않겠습니다 나를 망치며 당신을 증오하겠습니다 맹세합니다 불처럼 타오르겠습니다

숲은 빛으로 부푼다
숲은 빛으로 부푼다

¿

얼마나 얼마나 깊은 구멍인가요 나는 들여다봅니다 영혼이라는 것의 투명을 어둠을 빛을 파도를 들여다봅니다 아무것도 보이지 않아 아무것도 보이지 않아요 나를 죽여주면 용서해줄게 약속할게 그을린 얼굴을 찢어 편지봉투에 넣었습니다 계속 하나의 노래를 반복해 들었습니다 밤새도록 터널 속을 걸었습니다 검지와 중지를 목구멍 깊숙이 집어넣어 전부 토해냈습니다 잊히지 않는 장

면을 반복해서 생각하다 보면 장면은 조금씩 변하고 거기서 나는 사물처럼 웃고 있습니다 반복적으로 신경질적으로 나무가 되고 나무가 되고 나무가 되고 있습니다 얼마나 얼마나 시간이 흘렀는지 느낄 수 없습니다 나무 나무 나무 나무 나무 나무 나무 나무 나무 나무 오로지 나무로써 나무인 채 나무가 되어 나무의 자세로 나무의 호흡으로 나무나무나무나무나무나무나무나무나무나무나무나무나무나무입니다 그렇게 다시 말씀드리겠습니다 나무의 언어로

# 2부

## 선물의 형식으로 아픔을 줄게

## 히시

그렇지만 무엇도 허락되지 않는 이 삶에서 우리가 배운 것이 공포와 증오뿐이었을까. 내가 물을 때. 우리의 마음이 진짜 마음인 걸 어떻게 알 수 있을까. 우리가 물을 때.

몇 시간이고 버스를 타고 달리면서, 국경을 넘으면서, 총을 든 사람들 앞에 짐을 풀면서, 어쩐지 눈을 마주칠 수 없어서 발끝만 보면서.

히시, 나는 운명이라는 말을 오래 생각해왔어. 그런 게 있다면. 이 차가운 밤도 운명의 일부겠지. 안 그래? 초록 눈동자는 어둡고 축축한 동굴처럼 빛난다. 너를 알지도 못하는데, 사랑하게 될까 봐 겁나.

네 피부는 뱀 같고 네 눈은 맹수 같고 네 손은 나뭇가지 같아. 네가 말했을 때. 아니야, 나는 조금씩 죽고 있는 사람일 뿐이야. 내 심장은 아직 뜨겁게 뛰고 있어. 아주 작은 빛. 나는 네가 어깨에 멘 기다란 총신의 끝이 가리키는 곳을 본다.

그렇지만 이 두근거림이 단지 공포일 뿐일까. 나는 물을 수 없어 어둠에 꽂힌 검은 것을 본다. 알아? 알아. 멀리 빛나는 붉은 점은 무엇일까, 저기 뭐가 있어? 가본 적 있어? 그래, 마을의 입구야.

부서질 것처럼 기울어진 네 등을 보면서 나는 언제까지 이 밤이 계속될까, 생각했어. 곧 너는 마을로 돌아갈 테고 나는 버스를 타고 떠나겠지. 따가운 풀 위에 누우면 이끼 냄새가 났어. 네 어깨가 내 어깨를 스칠 때 온몸의 털이 곤두섰어. 간지럽고 아팠어. 왜일까.

어쩌면 히시, 너를 만나러 여기까지 온 게 아닐까, 그런 마음이 들었어. 바보 같아서 말할 수 없었지만. 네가 내 허리를 감싸며 나를 내려다볼 때. 서늘한 두 눈 속 어둠이 내 얼굴 위로 쏟아질 때. 모든 질문과 대답이 사라질 때.

울었어. 내 안에서 온 세계가 얼어붙었어. 너를 올려다볼 때. 단지 작고 작은 빛. 두 손에 돌을 쥐고 물속으로 가라앉았어. 무서워. 무서워. 숨 쉴 수 있게 끌어 올려줘.

나는 오래도록 사랑에 대해 생각해왔어, 히시. 그렇지만 이 두려움이 우리를 데려가는 건 돌이킬 수 없는 온도와 검정일 뿐이야? 아무것도 짐작할 수 없고 어떤 것도 붙잡을 수 없을 때. 가까스로 기어 뭍에 다다를 때.

너는 웃으며 서 있었지. 내 이마에 총구를 겨눈 채.

단 한 마디, 가방 내놔. 그 단 한 마디가 전부였지.

∞

그렇지만 무엇도 예감할 수 없는 이 심연 속에서 내가 네게 준 건 단지 그림자뿐이었을까. 그럴까. 너의 마음은 전부 가짜였을까. 내가 끝없이 속으로 물을 때.

혼자. 푸른 물. 마침표 다음 첫 문장. 눈 내리는 사막.

미납 연체. 흉터. 달력. 거울. 산호. 빈 유리병. 혼자 푸른 물속을 떠돌아. 첫 문장 뒤에 찍힌 마침표. 거울 속으로 걸어 들어가면 사막. 사막을 지나서 안데스. 바닷가에서 주운 산호. 달력에 표시된 귀국 날짜. 정말로 돌아갈 수 있을까, 묻곤 해. 그래도 네 눈. 초록. 빛. 아주 작은 숨소리. 돌려줄 수 없는 마음과 돌려받을 수 없는 마음. 어깨에는 화상 자국. 콜라를 나눠 마시던 벤치. 빈 병을 불어 내던 고동 소리. 이제 혼자.

알 수 없어 떠돌기 시작했는데 점점 더 알 수 없어졌어. 봐, 내 눈을. 내 눈이 뿜어내는 어두운 빛을, 봐. 너는 잠이 오지 않는 밤 뒤척이다 문득 떠올릴 거야. 그리고 중요한 것을 영원히 부숴버렸다는 고통에 내내 뒤척이게 될 거야. 히시.

# 퍼펙트 블루

검은 돌을 손에 쥐고 물 위를 걸었다

꽝꽝 얼어붙은 하늘은 높이를 가늠할 수 없어서

계속 걸었다 천천히 나는

무너져 내리고 있었다

## 사랑은 보라색일 것 같다

드라이아이스처럼. 나는 나무에 올라가는 법을 잊었다. 멀리서 시작된 것이 점점 가까워질 때, 그런 것을 사랑이라고 부를 수도 있겠지, 생각한다. 문득 펼친 책의 첫 문장. 사라진 것들에 대해 침묵하는 것은 그것을 잊었기 때문이 아니다. 그것은 시간이 흐를수록 더 선명해진다. 배후를 지우고 떠오른다. 기억에 대한 이야기는 거의 지루하고 모두를 고통스럽게 한다. 한 가족의 연대기처럼. 목줄에 묶인 나무 아래 개처럼.

나는 운동하지 않는다. 나는 읽지 않는다. 나는 종이접기 하지 않는다. 나는 주사위를 던지지 않는다. 나는 땀을 흘리고 나는 먹는다. 어두운 방의 가장 어두운 부분. 가장 어두운 부분의 가장 밝은 부분. 그런 것 생각 안 한다. 계속 걷는다. 나무를 올려다보면 나뭇잎, 나뭇잎, 나뭇잎, 나뭇잎…… 현기증이 난다. 나는 나무에 올라가는 법 잊었다.

초여름, 초가을, 초겨울. 초봄은 어색하고. 동어반복 같아서 잘 쓰지 않는 걸까. 초정리광천수, 초능력, 초인, 초침, 초단, 초등학교, 초죽음, 초월. 초초초초 하면 초초초 하면 온몸에 힘을 주고 있게 된다. 어쩐지 드래곤볼 같은 것도 생각난다. 처음과 넘어서는 것과 그런 것들 사이에서 가장 이상하게 등 돌린 그런 의미에서부터

내가 지구를 걷는다. 내가 걷는 모든 곳은 지구다. 당연한 것도 이상해지는 그런 사이. 뭐라고요? 사랑이요?

여기 사랑 하나 주세요. 사랑 있어요? 그런 얘기들은 듣도 보도 못했지만. 사랑이라니. 제가 한번……

겨울에 시작된 것이라고 해서 겨울에 끝나라는 법은 없지.

그래도 눈은 겨울 안에 있을 거야.

아름답고 온전하게.

눈, 눈, 눈.

이렇게.

알지 못하는 것에 대해 말하려고 할 때 주저하지만, 오히려 잘 아는 것에 대해 이야기할 때 더 주저하게 된다. 나는 인도 여행 중에 만난 M의 얘기를 하고 싶다. 우리는 바라나시에서 만났다. 우리는 너무 관광객처럼 여행을 했기 때문에 가는 곳마다 마주쳤다. 결국 네가 먼저 다가와서 한국인이세요? 물었다. 점심을 같이 먹고 맥주를 마시며 저녁을 같이 먹고 며칠이 지나 숙소도 같은 곳으로 옮겼다.

그렇지만 이런 얘기를 하고 싶은 것은 아니다. M은 백화점이나 프랜차이즈 카페에서 트는 음악을 분위기와 계절에 맞게 선별하는 일을 한다고 했다. 공간에 맞는 음악을 고르는 숨은 디제이고 아무도 존재를 모르는 직업이나 다름없다고 했다. 혼자 일을 할 수 있고 시공간의 제약이 없기 때문에 좋다고. 가끔은 봄에 어울리는 따듯하고 화사하면서 여유로운 기분이 들게 하는 구매욕을 증진시키는 노래 따위를 선곡하기 위해 사나흘 동안 음악만 들은 적도 있다고 했다.

우리는 함께 지내는 동안 거의 아무것도 듣지 않았다. M은 빈 시간에 음악을 듣는 일이 싫어졌다고 했다. 음악이 너무 좋아서 하게 된 일인데 가끔은 꿈속에서 음악을 끌 수가 없어서 괴롭다고 어떤 구간은 미친 듯이 머릿속을 떠다니며 반복 재생된다고 그걸 몰아낼 수 있는 방법이 없다고 했다. 나는 음악이 듣고 싶을 때 소리 내서 책을 읽었다. M은 그걸 참 좋아했다.

눈, 눈, 그다음 살짝 녹았다가 다시 얇게 얼은 눈, 그 위로 다시 눈.

이렇게. 눈, 눈.

혼자 어둠을 지키고 서 있을 때

눈의 무게를 이기지 못하고

나뭇가지가 툭툭 툭 부러지는 소리.

가끔은 지금부터 죽을 때까지 아무 말도 하지 않고 살면 어떨까, 그러고 싶다고 죽도록 원할 때가 있다.

초식동물. 초심자. 초연. 초절정. 초유기. 초자아. 초진. 초크. 초합금. 초초초초 그리고 초초초. 계속 이렇게 적어나가다 보면 초현실을 만날 수 있게 될 것 같다. 두리번대며. 망설이며. 그러다가 단번에 뛰어나가고 솟아오르며. 목을 움켜쥔 손처럼. 눈물과 고백의 밤을 지나온 창백한 두 사람처럼. 서로를 동일시할 때마다 서로를 가장 멀리 밀치면서.

눈송이가 눈송이를 만나 눈 위로 떨어지는 소리.

기쁨도 슬픔도 아닌 커다랗고 검붉은

마음의 눈.

나는 아그라로 M은 델리에서 인천으로 가면서 우리의 여행은 끝났다. 혼자 카주라호를 둘러보다가 나는 갑자기 울음을 터뜨렸다. 왜 그랬는지 모르겠다. 우리는 메일 주소도 전화번호도 교환했지만 나중에 한국에서 연락하거나 만난 적은 없다. 백화점에서 느긋하고 어딘가 분열된 듯한 연주곡이 들리면 나는 M을 생각하곤 한다. 음악에 갇힌 M을.

그러니까 나는
나무에 올라가는 법을 잊었다.

## 1g의 영혼

그것은 거의 사라졌다 처참한 광경이라고 말하고 싶다 나는 첫 줄을 수도 없이 썼다 지웠다 반복한 편지를 서랍에서 꺼냈다 쓸 수 있을까 무엇을 말하고 싶은지도 모른 채 제일 윗줄에 네 이름을 적고 망설이다 나는 거울 속 두 눈을 가만히 응시했다 물어봐 다가가고 싶은 색이 무엇인지 어떤 채도와 명도로 칠해져 있는지

그러나 우리는 무엇도 알 수 없고 단지 전해지지 않는 온도와 공백에 골몰하겠지 손톱 끝을 물어뜯으며 슬프다고 슬프다고…… 그런데 아무것도 모르겠다고 결국 고백하겠지

거꾸로 매달린 새에 관해 거의 추락에 가까운 자세로 흩어지는 그림자에 관해 나는 썼다 그것을 호흡과 가장 깊은 잠 속에 빠진 네 얼굴에서 흘러나오는 1g의 영혼이라고 했다 어떤 사건은 영혼의 각도를 틀어놓는데, 결코 수정될 수 없는 비틀림도 있다 그런 순간들을 여러 차례 관통하다 보면 이전으로 돌아갈 수 없게 된다 아주 단순한 표정을 하고 너는 내게 말했지

너 변했어

나는 진실에 가깝고 거짓과 동일하다고 느낀다 그것은 한겨울 눈 속에 파묻힌 어린 동물의 사체 같은 것이고 불을 가지고 세상 끝까지 걸어야만 하는 형벌, 발자국 같다 흙 속에 누워 흙냄새를 맡으며 흙이 되어가면서 이 세상에 흙 말고 다른 것은 없는 것처럼

되찾을 수 없는 빛과

연주자들은 무언가에 홀린 것처럼 악기 속으로 걸어 들어갔다 아주 조금씩…… 흡수되는 것처럼 걸어 들어갔고 텅 빈 무대, 악기 여섯 대가 정적 속에 놓여 있었다 그것은 압도적으로 완벽한 음악의 형태였다

나는 그 자리에서 죽어버렸으면 하고 바랐다 침묵과 함께
끝장나고 싶었다

우리가 목도한 것은 세계의 모든 문이 동시에 열리는 순간

열리는 동시에 가장 굳게 닫혀 있는

숲

그리고 영원이지

네가 어깨에 짊어진 것은 너를 만든 사람이었고 너를 만든 사람을 만든 사람이었고 너를 만든 사람을 만든 사람을 만든 사람이었고…… 그 거대한 슬픔의 연쇄는 상상할 수 없을 만치 무거운 것 그 무게가 너를 병들게 했고 눈멀게 했다

너는 잃어버린 것을 찾아 헤맨다고 했다 그렇지만 그게 무엇인지조차 알 수 없다고 그래서 계속 헤매기만 한다고 가끔은 그것이 거대한 은유 같아서 무섭고 잠들 수 없다고

네 잠든 얼굴을 내려다본다
점점 투명해지는 얼굴을

무엇을 줄 수 있을까 네게, 되돌려놓을 수 있다면 가느다란 촉수를 몸에서 꺼내 네 귓속에 집어넣고 음악처럼 한 방울씩 나를 흘릴 수 있다면

—나는 네가 죽었으면 좋겠어 내가 죽었으면 좋겠어 완전히 서로에게 흡수되어 소멸하면 좋겠어 나는 네 옆에 누워 지난 세기의 음악 잘린 발목들 잘린 채 어디론가 걷고 있는 발목들 그림자에 반쯤 잠긴 비스듬한 얼굴 추락과 떠오름의 동시적 이미지 반反하는 모든 것이 동시다발이었고 그것들은 단지 조금 다른 각도로 본 하나의 얼굴, 네발로 기는 만 명의 긴 인간 띠, 뒤범벅된 채 격양된 채 한없이 부서지는 음音—

철컹
너와 내 마음이 멈춰 서는 소리

춥고 아프다 춥고 아프다고 단지 그 두 마디 세상이 끝날 때까지 반복해서 적고 싶다 그게 전부라는 생각 속에서

생각을 생각하는 생각 속에서 생각이라니 생각이 대체 뭘까 생각이라는 것이 있기는 한 건지 실체도 없고 만질 수도 없는데 우리의 멱살을 잡고 뒤통수를 후려치며 머리채를 끌고 여기까지 우리를 데려온 그 무엇은

춥고 아프다 춥고 아프다 춥고 아프다 춥고 아프다 춥고 아프다 춥고 아프다 춥고 아프다 춥고 아프다 춥고 아프다 춥고 아프다 춥고 아프다 춥고 아프다 춥고 아프다 춥고 아프다 춥고 아프다 춥고 아프다 춥고 아프다 아프다 아프다 아프다 아프다

(　　　　)

끝나는 소리

세계가 순식간에

무너지는 소리

내 온몸이 유리였어 나는 어둠을 오려 만든 구겨진 창이었어 네가 고개를 돌려 나를 들여다볼 때 거기 멈춰 서는 무수한 주름이었어

격언 이미 사라진 것들에 대한 찬양 종속에 대해 열렬하게 휘어지려고 안간힘 쓰는 애송이들 신은 커다란 왼손을 들어 우글거리는 사람들을 가볍게 짓눌렀다 뿔뿔이 찢기는 인간 띠 희미하게 비명 웃음 비명 웃음 절규 벌거벗은 피

가장 높은 의자에 앉아 한 인간이 그 광경을 지켜본다

그는 그것을 표현하고 싶은 충동에 휩싸인다 울고 웃으며 입을 틀어막으며 나는 아직 나야 나는 끝까지 나일 거야 확신에 가득 찬 거꾸로 쥔 칼처럼 아름답고 어두운 섬

감은 눈 속에는 어떤 풍경이 있을까 그것이 영원히 어둠에 가까워지는 빛이라면 점점 어두워지기만 한다면 마지막에는 어떤 검정의 꼴을 갖게 될까 그것을 상상할 수 없고 도무지 좁아지지 않는 치욕과 섬망 사이에서 비좁게

끼익거리며 하나의 현만으로 연주하는 바이올리니스트의 손 매달린 두 개의 손 스스로 목을 조르는 것처럼 보여 활은 허공을 저으며 사라진 육체를 수도 없이 찌르는 것처럼 보여

구겨진 종이 수많은 실금은 꼭 사라진 소리의 지도 같고

## 콜 미 바이 유어 네임*

주머니칼을 꺼내 네 손바닥을 긋고
고개 숙여 피를 핥았어
가장 높은 가지에 매달린 이파리를 따려고
수도 없이 나무를 기어올랐어

네 얼굴이
눈물로 지워지고
다시 돋아날 때

그 틈으로 잠깐
네 영혼을 훔쳐보는 순간이 있어

빛을 열면 빛이 있고 빛을 열면 빛이 있고 빛을 열면 빛이 있고 무수의 겹으로 열리는 눈, 눈 속의 눈

그게 우리가 서로를 확인하는 방식이었고
아름다움이었어

내가 너를 원한다는 건 절대 비밀이야

이토록 커다란 둥지 안에서 우리가 등을 돌린 채 잠들 때

네 어깨 너머로 네 두 손 위로 어떻게 그렇게 슬픈 표정을 지을 수 있니 어떻게 네 눈이 그렇게 슬플 수가 있니 이제 다른 얘기를 해야겠다

어떤 이야기냐면 끝도 없이 돌고 도는 기차에 대한 얘기 대기 중에서 물방울이 얼어붙는 거 그거 낭만이니 공기가 아파 허공에 돋는 소름이니 자는 네 얼굴 흔들어 깨우고 싶은 네 얼굴 깨물어버리고 싶은 네 얼굴 전부 삼켜버리면 내 얼굴 위로 네 얼굴이 돋을까 언덕을 올라갈 때 손잡고 싶어 잡은 손을 놓고 싶지 않아 차례로 닫히는 빛 하나씩 구겨지는 어두운 페이지들 계속계속 얘기한다 말을 멈추지 못하는 병에 걸린 것처럼 얘기할 때마다 조금씩 바뀌는 얘기 죽은 사람이 살아나고 한여름에 눈이 내리는 얘기 돌이 사람이 되고 물이 불이 되는 얘기 마치 책 속 이야기처럼 들리겠지 네 손바닥의 빨갛게 벌어진

틈도 결국에는 닫히겠지 나는 다 알아 나는 다 알아 열매를 떨어뜨리는 가지처럼 구름이 몰려드는 하늘처럼 울음이 잦아드는 두 볼의 떨림처럼

시간이 멈춰버리는 얘기

입술에 입술을 겹칠 때 비스듬히 잘려나가는 시선 풍경 속에서 네 한쪽 눈 나는 어떻게 하면 좋아? 네 왼쪽 눈에 몰래 이름을 붙였어 기,라고 기 그게 네 왼쪽 눈의 이름이야 이제부터 너는 기를 통해 나를 보게 될 거야 파도, 파도, 저 파도가 술렁이는 걸 좀 봐 안간힘으로 바다를 벗어나려고 하는데 결국에는 반복뿐이지 봐 기를 통해서 봐봐 엎질러진 것을 누군가 지구를 한 바퀴 돌려놓은 게 틀림없다고 믿게 되었어 생각은 파랑에 덧칠한 파랑 그 위에 덧칠한 파랑 계속해서 물감이 떨어질 때까지 수없이 덧칠한 파랑 불붙은 숲 활활 타고 있는 머리채야

왜 그게 갖고 싶었을까 너는
시든 이파리 따위

가장 높은 곳에 있기 때문이지
내가 나무를 기어오르는 꼴을 보고 싶어서
온몸이 긁힌 채 추락하는 게 재미있어서
나를 위로하려고 먼저 생채기를 내는 거지

너를 집어 던질 거야 불구덩이 속에
내가 웃는 모습을 봐
울다가 웃다가 심장이 멈춰버리겠지

그게 우리가 서로의 마음을 숨기는 방식이었고
가장 끔찍한 아름다움이었지

난 가장 중요한 걸 몰라
네가 가르쳐줘

나뭇잎이 하나씩 하나씩 떨어지고
전부 헐벗을 때까지
그 앞에 서서 다 봤어 그걸 두 눈으로 똑똑히
다 보느라 내 시간을 전부 써버렸어

전부 탕진하느라 점점 비대해졌지
내가 원하는 건 이런 게 아니에요

내가 원하는 건 진짜 키스
진짜 체온
살아 있는 몸이야

너는 몰라도 돼
몰라야 돼

흐느끼는 한밤의 나무들 저건 네가 잡지에서 오려낸 커다란 지붕 같다 춤추고 웃고 떠들고 하루 종일 물속에 있다가 울다가 먹다가 달리다가 그렇게 사랑에 빠졌어 너에게 비밀을 주고 싶어 주고 싶지 않아 돌고 있는 창백한 분수들 침대에 누워 그 소리를 듣고 있으면 꼭 울음을 터뜨릴 것만 같다 네가 불쑥 나를 열어 심장을 움켜쥔 것만 같다 그거 낭만이니 장난이니 아니면

문장을 숨기기 가장 좋은 방법이 뭔지 알아? 많은 말

속에 숨기는 거라고 생각하겠지 아니야 그냥 두는 거야 제자리에 그러면 풍경이 되어서 아무도 눈치채지 못할 거야 우리 듣자 같이 이 노래를 듣고 또 듣자 손을 잡고 한밤의 거리를 쏘다니자 차에서 식탁에서 길에서 어디서든 듣자 들려오지 않을 때는 직접 부르자 소리 지르자 다 끝날 것처럼 소리치자

흰 새가 허공을 찢으며 날아갈 때
물결에 빛이 부서질 때
부러진 가지를 땅에 묻고 돌아설 때

기는 모든 것을 보고 기억해 기는 영원을 기억해 기는 이미 눈이 아니라 관념이야
투명한 막대가 나를 관통했어

내가 꺾은 가지가 전부 나무가 된다면 벌써 숲일 거야
자라나라 자라나라 그게 가사였고 기도였지

그게 바로 우리가 사랑을 이야기하는 방식이었고

미지였지

그치만 넌 몰라야 돼

* 루카 구아다니노의 영화.

## 해피엔드

### 죽음에 이르는 병

나는 물속에 있었습니다. 선생님 저는 물속에 있었어요. 물밑은 어둡고 춥고 아름답습니다. 등 뒤에서 칼날처럼 꽂히는 빛들. 나는 심연을 보며 멈춰 있어요. 나는 이것을 거대한 몸속 같다고 생각했습니다. 세상에서 가장 커다란 심장이라고. 울고 있는 사람의 눈 속이라고. 대답처럼 빛처럼 아주 깊은 곳에서부터. 기포가 올라와요. 만지려고 하면 사라집니다.

나는 이렇게 죽고 있습니다. 빙하 속에 갇힌 호흡 찰나의 눈빛.

얼어붙은 노래는 빙하가 녹는 순간 공중에서 울려 퍼질까? 궁금했습니다. 선생님 저는 너무 많은 시간을 낭비하며 살았습니다. 두 다리가 없어 어디로도 가지 못하고 그것을 핑계 삼아 스스로를 유폐시켰습니다. 사람이 거짓을 말하는 데 무슨 이유가 필요한가요. 나는 어둠이 모여 하나 되는 것을 겹눈이라고 부릅니다. 수심 천 미터,

오래 어두운 것들은 스스로 빛을 만들어내기도 합니다.
그런 것이 경이롭습니다.

## 등을 미는 커다란 손

경복궁에서 해태를 보았습니다. 왜 인간은 상상하게 되었을까요. 어떤 결핍이 어떤 의심이 인간으로 하여금 다른 존재를 만들고 심판을 맡기게 하였을까요. 눈이 옵니다. 선생님이 계신 곳에도 눈이 오고 있나요? 함께 첫눈을 보는 순간에는 세상이 정지해버린 것만 같고 내가 아는 모든 기쁨을 동시에 발음하고 싶어지곤 했는데. 이제 풍경은 더 쉽게 슬퍼지는 법에 익숙해졌습니다. 계속할 수 있을까 질문하면서 계속해야만 한다고 다짐하면서 어떻게든 계속되는 날들. 이제는 무엇도 확신할 수 없습니다. 이 차가움만이 단지 진실입니다.

안경 너머의 두 눈이 슬퍼서 나는 또 웃고 말았습니다.
종이컵을 쥐고서 미안해요. 또 사과하고 있습니다.

신이 아픔을 몰라서
아픔을 줄 수 있다고

그렇게 믿자고 시에 썼습니다.

**무수의 겹峽**

만약 다시 태어난다면 사토 신지의 목소리가 되고 싶다고 생각했어요. 우습겠지만 진심이었습니다. 삶이 너무 길어요. 닫힌 문 뒤에서 그가 노래할 때 기타를 빼앗아 부숴버리고 싶었습니다. 선생님 저는 이상해요. 세상이 들끓고 있는 냄비 속의 낙엽 같고 유리 조각을 볶아 만든 청명晴明 같다고 하면 웃으시겠지요.

사방에 겹눈이 나를 둘러싸요. 계속 점점 많은 눈. 무서워요.

꿈속에서 달리는 것처럼 앞으로 나갈 수 없어서
허우적거리며
소리 지르며
울음을 터뜨리고 말았어

이렇게 이렇게 되고 말았구나. 맞물린 채 돌고 있는 깊은 수심을 보며. 나는 허물어지고 채워지고 그런 방식으로 영영 헐려버리는 하나의 몸이었습니다. 선생님도 그런 마음을 알고 계신가요? 미안합니다. 또 사과를 하고 있네요. 모든 물은 결국에는 바다를 향해 간다고 했습니다. 그 끔찍한 순환을 끝내고 싶어요. 끓고 있는 낙엽들. 끓고 있는 낙엽들.

당신을 사랑했습니다.

## 퀸의 여름

말해볼까 다섯 개의 결말을 가진 하나의 얘기

짐작할 수 있니 거리에서 우는 여자를 본다면
누구든 눈물의 이유가 궁금하겠지만

나는 오늘 너를 흉내 내기로 했어 아무리 비슷해도
네가 될 수는 없겠지만

모든 건 호숫가에 서서 작은 돌을 던진 데서 시작되었지
아무도 없어
전부 벗어봐

같이 뛰어들자

너는 내게 다섯 번 전화했고 나는 받지 않았지
공원을 달리며 숲을 헤매며 벤치에 누워 너를 생각했어 실은

어째서일까 그건
중요한 무엇을 확인하고 싶지 않은 기분

생각은 점점 커졌어

거울을 보고 커피를 마시고 어둠에 잠겨 영화를 볼 때에도

내 마음은 매일 그곳으로 돌아갔어
물결=오렌지 맛 환타 병=물속에서 네가 웃는 소리=빛
나는 빛 속에서 조금씩 말라가는 물 자국

들어볼래 끝도 없이 끝나기만 하는 끝없는 얘기

우리는 탄산을 나눠 마시고 키스를 했지
모래 위에 누워
따갑고 달고 어쩐지 울음이 터질 것 같은

부드러운 낮의 공기, 여름 냄새

나는 매일 밤 네게 전화했고
밤이 새도록 전화기가 뜨거워질 때까지
얘기했지 어린 시절과 아버지의 폭력
선생님 친구들 음악 소설 영화에 대해

노래 부르고 싶은데, 노래 부르고 싶은데
내 목소리를 들려줄 수 없어

어째서일까 애꿎은 돌만 던졌지

뒤돌아서 눈 감아봐
속으로 열 셀 때까지 돌아보지 마

실눈을 뜨고 네가 팔을 들어 올려 셔츠를 벗는 걸 훔쳐 봤어

물결에 부서지는 빛
이상하게도 가슴이 미어지는 것처럼 아파

이렇게 말해도 될까

영혼이라는 게 있다면 그건 너만 가진 것 같다

*

말해볼까 시작도 끝도 없이 흩어지는 물거품 같은 얘기

물의 표면에 몸이 닿는 순간
서늘함과
내리쬐는 태양
흔들리는 나무들

돌이 사라진 자리
동심원

섬에 대해 이야기할 수 있다면 섬에 대해
이야기하고 돌에 대해 말할 수 있다면
돌을 가지겠지 음악이나 책이나 영화나 그늘

아래 차갑게 선회하며 떨어지던 동그랗고 하얀 빛
눈물 거짓 웃음 사랑에 대해
이야기할 수 있다면 전부 쏟아내겠지

아직 시연되지 않았다고 해도 그건 모두
정해진 결말이 있었고 그걸
알거나 모르거나 알아도 모르거나 모든 것을 꿰뚫어 보는
정신 나간 여자처럼 울면서
말하거나 말하거나 말하거나
아무도 믿지 않겠지
듣지도 않을 테지만

마음들이 뒤섞이는 저지대
거기 사는 손가락이 수천 개 달린 괴물
밤새 꺼내달라고 울부짖으며 마음이란 것을 쾅쾅
두들기고 어둠이 깊어지고 눈두덩은
더 짙어져 마침내 얼굴이란 것을 거의 상실할 지경에 이르는 순간

기억이라는 구멍 나고 부서진 조각들을 애써
그러모으며
다시 복원하려고 안간힘 쓰며
지랄

지랄

내가 기록할 수 있는 모든 이야기는 단지
상자 속에 넣고 흔들어 꺼낸 제비뽑기 따위의
어떤 형식, 비천 속에 있었고
돌 위에 돌을 쌓고
그 위에 다시 돌을 올려
침묵하듯
잠깐 세계 정지할 때
네 가느다란 손목은 모래 위에
우리의 괴물로 변해
무수해지고 나는 그것을
그것을 여름이라고

우리가 함께 통과한 어떤 투명이 있다면

내 기억보다 더 진짜인
진짜를 갖고 싶었고
그것이 바로 퀸
너의 텅 빈 두 눈이지

눈물 속에서 녹아버린
검은 돌

모래 위에 자라나 허공을 그려주는
수천수만의 손들

너야 그래

이 개 같은 년

*

모든 불이 꺼진 다음
어둠과 정적 속에서 숨을 몰아쉬며 다음을
기다릴 때 사건이 일어나기를 결정적인 무엇
끝없이 길어지는 팔
네 몸을 관통하기를

기다릴 때

졸업

물결, 하얗고, 차갑고

말해볼까 네가 웃던 그 소리가 온몸에 가득 차 나를 부풀리는데
상공에서 내려다본 동그라미 파랗게 번지는 어둠

영영 우리는 알 수 없겠지만

나는 호숫가에 쭈그리고 앉아

아무도 없어
아무도 없어

목청이 터지게 노래 불렀지
돌이나 던지고
노래 불렀어

어쨌든 너는

갑자기 모든 게 끝났다는 듯 차가워질 수 있는 사람
나는 남아서 이야기를 지어내는 사람

졸업이라는 단어가 갑자기 떠올랐고 그건
벌거벗은 어떤 것
말로 할 수 없는 부끄러움과
놀라울 정도의 환희가
뒤섞인 이상한 아주 이상한
새의 형식 같은 것

줄게 네게
다 줄게

# 모든 것과 없는 것과 그 밖의 모든 것에 대해

엄청나게 예쁜 그 애 이름은 노래였다
우리는 노래야, 노래야 하고 불렀다
긴 가지를 뻗어나가는 봄의 식물
깊이 감춰진 뿌리들 얽히고설키는

노래

부를 때마다 미처 불러지지 않은 무언가가 남아 있어
뒤집힌 나무처럼 꽃잎을 쏟아내는 웃음, 웃, 음, 음

나는 들었어 그날
너는 뒷모습이 예쁘니까
계속 돌아서 있으라는 말을
좋아하는 선배에게

노래는
태어날 때부터 무언가
포기하며 삶을 시작한 것 같다고
울면서 말한 적 있다

나는 조용히 차창을 열고
휘파람을 불었다
저기 빨간 포르쉐 보여?
저 나무들 보여?
저게 다 벚꽃 나무야
저 사람 검은 원피스를 입었네
어디로 가는 걸까 어디에 다녀오는 길일까

내용 없는 노래처럼
보이는 모든 것을 호명했다

바람이 있어
중심을 잃고 쓰러지는 그림자처럼
바람이 있어

노래야, 노래야
네 이름 속에는 빛과 슬픔과 영원과 공포가 있어
구름이 흘러가면서 잠깐 반짝였다

눈을 깜박거리는 얼굴처럼

내가 시를 쓰겠다고 했을 때 너는 웃었는데
그게 너무 기분 나빴어
그 순간을 잊지 못하게 될까 봐 두려워
너를 미워하고 싶지 않은데

노래야, 노래야

노래는 자기가 한 번도
진짜 노래였던 적 없다고

창밖으로 구겨 던지듯
조용히 말을 내뱉었다

진짜 자기였던 적 없다고

사랑해, 노래야
그 애 남친이 말할 때

노래는 느낀다

넓어지는 바다를

빛이 쏟아지는 커다란 창을

좋고 슬픈데 뭐라고 해야 할지 몰라서

고개만 끄덕였다고

## 아틀라스*

너는 신을 믿어? 폭우 속에서 무릎 꿇을 때. 내가 무엇을 가졌을지. 상상해본 적 있어? 매일 창 앞을 서성이며 그래, 두 눈을 지우고 입을 지우고 마지막까지 아꼈던 두 귀를 묻고 돌아설 때. 남아 있는 것은 창백하고 희미한 어깨뿐이라서. 너는 신을 믿어? 나 신의 마음을 생각하고 바람이 부는 방향을 알고 가만히 돌을 쥐어보면서. 내일 세계가 끝나면 뭘 할 거야? 그런 걸 너는 물었지. 글쎄, 서니사이드업으로 계란 요리를 먹을래.

그런 마지막이라면 좋았을 텐데. 무릎을 꿇으며. 이상하지? 신이 있다면 지금 뭐라고 했을까. 아마 보고 있지도 않겠지만. 봄에는 천변을 따라 벚꽃이 만개하고 여름에는 매미가 울고 가을에는 낙엽이 지고 겨울에는 눈이 내리지. 하늘은 가끔 눈이 시리도록 파랗고 구름은 더 하얄 수 없을 만치 하얗다. 그런 것들이 경이로웠어. 그런 순환과 인과가 미치도록 싫었어.

폭우 속에서.

네가 단단한 침묵과 무른 침묵을 한데 섞어 두 손에 쥐여줄 때. 온몸의 피가 멈출 때.

이상하지. 순간은 영원처럼 멈춰 있고. 끝없이 길어지는 두 갈래의 길. 잎의 끝 날개를 접은 한 마리 나비. 셀 수 없이 많은 모래와 모래의 날들. 폭포 아래 서서. 하염없다. 하염없다. 너는 신을 믿어? 그게 어떤 마음인지 상상해본 적 있어? 영원한 형벌을. 불 주위를 돌며 춤추고 노래하던 사람들 어느새 울면서 비명을 질러대는 것을. 세계가 끝없이 만져댄. 그것이 서서히 허물어지며 망가지는 것을.

* 이 시의 제목은 아틀라스였다가, 알렙이었다가, 다시 아틀라스가 되었다.

# 우리가 거의 죽은 날

경주용 말이었다

창백한 행렬 목 잘린 태양 왈칵 피를 쏟고
묵묵히

죽은 말들이 돌아오는 밤

길고 긴 이야기를 베틀 아래 숨겨두고 하나씩 부숴 새로운 이야기를 짜고 싶어

창보다 더 창에 가까운 것
뼈보다 더 뼈에 가깝고
불보다 더 불에 가까운 것을 훔쳐보다
사라지고 싶어

이름을 부르기 전 눈을 마주 보고
긴 머리를 땋으며 눈물에 대해 밤새

싶어

경주용 말이었다고 이제 더 이상 뛸 수 없어서 예정된
내일은

담장을 넘는 담장 추락을 모방하는 추락 속에서
쏟아지는 것을 기울어진 채 굳어가는 것을
목 놓아 우는 사람의 뺨을
때리고 싶어

가지야
나는 전생에 긴 리본 끈이었지
네가 돌아오면 꼭 묶어줄게

선물의 형식으로 아픔을 줄게

고개를 치켜든 파란 하늘이 어째서인지 싫다 말하는 사람의 혀가 싫다 줄 긋는 피가 싫다 거래와 거래를 일삼는 검은 옷들이 싫다 어째서인지 생강을 먹고 싶어 생강의 냄새를 맡고 싶어

천국은 단련의 흔적이었고
그곳에서 밥을 먹었다
따듯한 선짓국을 깍두기를 청양고추와 현미밥을

차가운 것이 분수처럼 흩어질 때
고개를 끄덕이며 열차를 불러 세울 때

단정하고 정갈한 하나의 문장을 사이에 두고

마주 앉아 영원히 응시하고 싶었다 눈동자
깨끗한 우리의 빈손

가지야
인간들은
미래를 몰라

낙엽을 모아 침대를 만들고 거기 누우면 온통 흙과 차가운 돌의 냄새가 난다 따갑고 포근해 이상하지 이상

하지

잠이 오지 않는 밤은 바다를 헤엄치는 상상을 해

아무것도 설명하지 않을게

손을 잘라 줄게 눈을 빼 쥐여줄게 깊고 깊은 피를
깊고 깊은
침묵을 아끼는 눈송이의 주파로만 다가갈게

죽은 색들이 돌아오는 밤
오래도록 카레를 끓여 한 그릇씩 나눠주고 싶다
색색의 온도들이 가만히 일렁이는 것을 보며 미소 짓고 싶다

눈물은 너무 캄캄해 도무지 연결에 대해 생각할 수 없고 천천히 온몸이 분해되어 흩어지는 장면을 떠올렸지
그런 마음이 세상에 있어 좋다

어째서인지 달리는 말은
불안을 재료로 만든 것 같아

찰나인 동시에 영원 같아

이해할 수 있니 세계가 하나의 작은 성냥갑이라는 걸 긋지 않으면 아무 일도 일어나지 않을 딱딱한 어둠에 불과하다는 걸

우리가 거의 죽은 날

열두번째 밤에 노래 불렀지
투명한 물이었지
불투명한 물이었지

계속 돌고 있는
계속해서 돌고 있는

((

경주용 말이었다
오로지 달리기 위해 엄격한 계보 아래
만들어진 생명이었다

고장 난 태엽 시계를 창틀에 올려뒀어

우연히 정확을 가질 수 있을 것 같은
조소에 가까운 예감

나는 전생에 무거운 돌이었어
가지야
네가 돌아오면
단단한 심장이 되어줄게

내가 싫어하는 말들 영원, 모두, 접속사, 지시대명사, 모호하기로 작정한 모호뿐인 말들 그래 알아 가끔 그렇게밖에 할 수 없는 말도 있지 이토록 비좁은 트랙에서는 방향을 바꿀 수 없으니까 앞만 보이니까

줄곧 지는 해를 보고 있었어
해가 지고 낮은 구름들이 몰려들어
눈송이를 잔뜩 쏟아내는 것을

오해하고 싶어 오해하기로 작정한
빨강 같다

지지 마
꼭 이겨줘

마음껏 생각할 수 있게
생각한 대로 말하고 움직일 수 있게

쓸모를 고민하지 않고 살아 있어도 된다고

죽을 때까지 살아 있을 거라고

톺아보았지 결정 하나하나

세상은 멈춘 것 같고 떠오르는 동시에 추락하는 것 같은

돌아버릴 것 같은 머리가 깨질 것 같은

추위

잊지 말라고

잊지 말자고

기도

안장 위에 얹힌

기도

이미 죽은 것이었고 소용없는 짓이었고

믿음은 이렇게

무르고

한 덩이의 커다란 두부를 끝없이 검은 물감으로 칠하던

예술가의 검게 물든 손이

가도 된다고
문을 열어주던
밤의 기척이

괄호처럼

가지야 너는 전생에 가위였고
긴 끈을 자르기에 충분했어

차가운 돌 차가운 돌 차가운 돌의 앞도 뒤도 없는
두 발을 숨겨주던 천국에서

붓을 내려놓기 직전
마지막 붓이 스친 자리에서

가지야 가지야
끝없이 부르고 싶어
내 안에서 꺼낼 수 있는 모든 소리로
너를 만들고 싶어

이중나선

파란 깃털

모자를 쓴 구름

불면의 밤

쓸수록 멀어지는 것

입 없는 개들이 눈밭을 뒹굴며 서로의 서로가 되고
귀 없는 사람들이 박수를 치며 노래를 부르지 열두번째 밤이었지

들을 수 없으니까
날개가 없으니까
잠들지 않아도 밤은 지나가고

그러나 그러나의 날들이 계속되고 그러나 그러나

검은 손은 아무리 닦아내도 벗겨지지 않는 색이라서

그럴 필요가 있나요?
어차피 다시 팔레트 가득 검정일 텐데

반복은 중요합니다
다음도 검정일 거라고 누가 확신할 수 있죠

당신의 눈동자 속에 파랑새가 앉아 있어
얼굴은 두 개의 새장
온통 쪼아대며 지저귀며

새를 키우는 것은 여러 가지로 어려운 일이고
나는 새의 눈으로 봅니다

그래요? 말의 눈은

나는 볼 수 없는 것이 있어요
잊을 수 없는 것이 있어요

당신의 창을 열면 새가 날아가고
그런 실명은
아름답겠지

다음은 뒤죽박죽의 색들로
가득한
그림이겠지

나는 가지를 생각하며
가지지 못한 가지를
가지 못한 가지를

못하고 못하고 못하고

시계의 초침을 생각하고
생각이란 말이 싫어

대신 무엇을 쓸 수 있을까요? 떠올렸다고 하면 될까요? 봤다고 하면 느낀다고 기억한다고 하면 뭐가 다른가요? 그런 안일 속에서 쓰며 쓰며 쓰며

눈물은 복사기에서 생긴 검은 여백 같았고
텅 빈 어둠과 동일한 눈우물
깊어

더 이상 부를 수 없게 되면
그때 난 무엇이 될까

묻지 못했고 그런 절멸에 가까운 호흡으로
눈 속에 얼어붙은 까만 것 하얀 것 빨간 것

아무것도 설명하지 않을게

싫어, 싫어

썼던 것을 지우고 다시 쓰고 다시 지우기를 반복하는

바다 위로 내리는 눈 사라지는 눈
파도가 웃어
가지야

# 비신비

그가 조심스럽게 창문을 닫았을 때 마리는 울기 시작했다. 물을 접을 수는 없다. 친구들과 모여 저녁을 먹을 때, 그들은 처음 듣는 배우와 처음 듣는 감독, 처음 듣는 제목의 영화 얘기를 했다. 양배추와 치킨, 버섯과 빵을 번갈아 바라보며, 열린 창문을 바라보며. 층마다 창문은 두 개, 계단은 층과 층 사이에 놓여 있다. 천장부터 물이 차올라 더 낮아질 수 있다.

창밖으로 눈이 내린다. 우리는 키스를 했다. 빠르게 두근대던 심장이 느리게 뛸 때까지. 눈송이의 호흡을 세며. 웃음이 서로를 지배할 때까지. 지배가 웃음의 바깥까지 서로를 끌고 갈 때까지. 누워 있던 사람 중 한 사람이 일어나 사라졌다. 눈 속에서 불쑥 튀어나온 손이 풍경을 흔들었다. 계절과 계절 사이, 경계를 찢고 빛은 사라진다.

우리는 들었다. 음악. 우리는 보았다. 눈[雪] 속의 동그란 동물들. 우리는 말하기 시작했다. 우리에게. 우리의 이전에게. 더 멀어지는 것이 사명인 것처럼. 아름다움이 있다면 파괴하고 싶었다. 본 적도 들은 적도 없는 것에 대해 유창해질 수 있도록. 닫힌 문을 다시 닫을 때.

모호함은 모호함 속에 머물러 있기를. 진눈깨비가 내려앉은 어깨를 털며. 입술 끝에 매달린 가느다란 숨을 내려다본다. 머리부터 발목까지 물에 잠긴 남녀가 서로의 목을 조르고 있었다. 이것이 처음이라는 듯.

## 기울어지는 경향

1

힐더 씨, 당신이 좋아하던 그 소설 죽으려고 쓴 거야
실은

통과하는 겨울의 0

눈이 내렸고
눈이 계속 내렸고
눈이 내리는 꼴을

옥상 난간을 붙잡고 서서 함께 봤지

백설기 같다!
당신이 외쳐서 한참 웃었고

0, 당신이 내게 준 이름
아무것도 가리키지 않는 텅 빈 기쁨

심심하면 시리랑 얘기해봐
아냐 얘랑 할 얘긴 날씨밖에 없어
랩 좀 해달라고 해

너와 나의 연결 고리 이건 우리 안의 소리
너와 나의 연결 고리 이건 우리 안의 소리

그 가사
좋았어

도와달라고 당신은 울며 말하지

두 손이 썩어 문드러지는 동안

노래가 지워지고 지워지고 지워질 때까지

어디 있었어, 말하며

대답을 기다리는 동안

잎이 떨어지고 해가 지고 눈이 내리고 내리던 눈이 녹아 두 발이 젖고 이름에 대해 아는 게 없다 호수를 보면 슬프고 마음이 놓여 눈이 또 내리고 눈이 내리고 내리고 내리고 내리고 이러다 세계, 단단한 백설기가 돼버리는 건 아닐까

0
걷다 보면 걷다 보면
도착도 있을까

두 발을 내려다보며 반복과 반복의 비겁에 대해
길 잃은 힐더 씨가 두고 간 우산의 뾰족함에 대해
죽은 줄만 알았던 사람이 나타났을 때
벅찬 기쁨 눈물에 대해
오목한 수저의 곡선에 대해

힐더 씨 0이라는 건 당신이 처음 한 말
나 아무 도움도 되지 못해서

시간만 죽이며 숲을 배회했지
굴절된 빛들 바닥에 흩어진 무지개 조각들
눈처럼
생각 위에 생각을 쌓고 생각 위에 생각을 쌓고
0, 0은 무엇이야?

건드릴 것이 없어 무릎만 만졌어
도망친 두 사람에 대한 소설 썼어
매일 처음부터 다시 써서
처음만 무성한 이상한 소설이 되어버렸어

힐더 씨 겨울이라는 게 당신과
함께 세상에 생겨난 것 같다
당신 때문에 세계가 얼어붙는 것 같다
끝까지 하지 못한 얘기는 다음 소설에 쓸래

0
통과하며

## 2

도망친 두 사람에 대한 다음 소설:

우리는 죽은 다음 어두운 동굴에서 다시 태어났습니다. 서, 서. 당신의 이름. 나는 3. 우리는 공기를 읽어요. 바람이 부는 방향으로 조금씩 나아갑니다. 계속해도 될까.

정착과 도착은 얼마나 다른 거죠. 계절은 구름을 따라 흩어지고 우리는 마실 수 있는 물과 마실 수 없는 물을, 먹을 수 있는 열매와 그렇지 않은 열매를, 갈 수 있는 곳과 갈 수 없는 곳을 구분하게 됩니다. 서, 가끔 네가 죽으면 얼마나 외로울까 생각해. 그래서 네가 죽었으면 좋겠다고. 그럼 나는 세상에서 가장 외로운 한 사람이 될 수 있을 텐데.

시간을 보내는 법을 배워. 컴퓨터도 핸드폰도 편의점도 없는 곳에서. 우리는 무엇을 해야 좋을지 몰라. 풀숲을 뒤적이고 나무에 기어오르고 바위를 쌓아 벽을 만든

다. 무엇으로부터 스스로를 보호해야 하는지도 모르면서 돌을 찾아다녀. 돌뿐이라는 걸 확인하고 기뻐하고 기뻐하고. 결국 미워하지. 우리는 연습한다. 눈물을 아끼는 법을, 잊지 않기 위해 소중한 것을 복기하는 법을, 그리고 다 잊는 법도 함께.

울지 마. 울면 더 배가 고파질 거야. 노래 부르지 마. 노래는 아무 도움도 못 되니까. 우리는 점점 말이 없어지고. 다 잊은 다음에도 너는 서고 나는 3일까. 이토록 빛이 그리웠던 적은 없어.

마지막 기억은 엄마와 함께 백화점 빵집에서 고로케를 사 먹었던 날의 쨍한 태양. 세븐일레븐에서 먹었던 슬러시 종이컵 가득 맺히던 물방울, 머리가 깨질 것처럼 달고 차가웠던 맛.

유리 조각으로 빛을 모아 불붙이는 법을 알게 되었어. 빛이 없으면 불도 없어서. 밤을 위해 불을 지키게 되었어. 불이 꺼지지 않게. 더 커져서 숲으로 번지지 않게.

노래 부른다.
노래, 부른다.

불. 혼자.

## 졸업

서로의 목소리를 들을 수 없게 되었을 때

×

머리를 잡아당기니 머리가 하나 더 생겼다
이름의 반을 쪼개 서로를 부르기로 해

두 개의 눈이 창밖을 볼 때
두 개의 눈은 게임을 한다

구름의 색은 이상하고 예쁘다

그런데도 몸은 하나뿐이어서

너는 은이고 나는 선이야

거울을 놓고 앉아
서로의 징후를 이야기하고
오른손으로 오른쪽 머리를

왼손으로 왼쪽 머리를
두 뺨을 맞대고
눈물을 흘린다

날개는 얇고
무지갯빛
그런 눈물을

두 개 가지 높이 뻗은 복숭아나무
끔찍해
아름다워
우리 같아

잠시만 불을 꺼주세요
그 새가 혼자 노래할 수 있게

죽은 자가 잠시 내려와 한 줌씩 웃음 가루를 나눠 주고 갔지

모두 함께 나눠 먹은
초콜릿케이크
초콜릿케이크

연기해도 될까요 연기할 수 있을까요
가장 어려운 질문을 앞에 두고 엎드려
두 손을 모으던 날들

그림자 속에 얼굴을 담그고
빨간 꽃을 지나쳐 가는 빨간 꽃을 보며
눈 속의 눈동자를 보며

노트 속에 내가 적은 문장
세계가 나의 침묵을 도와줬으면 좋겠어

너무나 커다란 것 동시에 너무나 작은 것
그런 것을

쌍떡잎식물 보르헤스 픽션다이어리 픽션다이어리 다

정한 관성 수화기 너머 목소리들 광물처럼 열리는 눈 속의 창들

우린 여러 갈래의 머리채
너에게는 너무 많은 소리가 들렸지
내가 침묵을 들을 줄 몰라서

*(앞으로 저를 만나는 사람들은 물어보지 마십시오*
*잘 지내냐고 묻지 마십시오*
*제 대답은 영원히 아니오입니다*
*그러니 묻지 마세요)*

침묵 속에서 산책하자

여러 가지 나무 수은처럼 흔들리는 도시
강변 난반사
길어지는 그림자 그림자
그림자가 뒤적이는
우리의 뒷모습이

악마의 형상을 하고 있더라도
절대 뒤돌아보지 말아줘
이름을 밖으로 꺼내지 말아줘

내가 가도 돼?

종소리가
꾹 누르면 부서질 듯 얇은
소리가

투명한 종잇장처럼

부서진다
부서진다

******

뮤지션을 만났다
뮤지션은 말이 없었는데

근사해 보였다
그렇지만 나는 가만히 있음으로 반을 얻는 사람은 싫어
허점투성이 요동치는 파도 속 비명의 숲이 더 좋아

가장 중요한 질문은
계속할 수 있을까와 괜찮냐는 것

물으면 대답할 수 없는데도

언제 다정해야 하는지
차가워져야 하는지
태도의 옳음을 가릴 수 없어서

발끝만 꼼지락거리며
마셔댔지
저 바닷물은 언제 다 사라질까요

그런 눈물을

내가 가도 돼?

빛을

촉수를 뻗으며 투명하게

우리의 목이 무한히 길어지고
서로의 목소리를 들을 수 없게 되었을 때

기쁨이란 이런 걸까

사정하며 목을 조를 때

살았다가 죽었다가 다시 죽을 때

날개를 접은 새의 날들

++++++

고동 소리만 가득하고 심장은 보이지 않아서
불화하는 것들이 서로 내밀하다고 믿어서
아무 뜻 없는 말을 영원히 발음하고 싶어서

그럼
눈물을

살려줘 살려줘요 썼다 지워

나무들을 봐 저 많은 잎을 가지고도
수북수북 흔들리면서
시끄럽게 조용할 수 있잖아?

난 아니거든

돌을 만지는 감촉
돌들이 서로를 사랑하는 방식
돌만의 리듬으로 돌과 돌을 돌처럼 돌이 되게 만드는
돌만의 기적으로 돌이라고 돌이라고 돌뿐이라고

돌의 기쁨으로

우리의 두 손
가볍고 환한 두 손
흘러내리기 좋은 두 뺨

하나의 목소리를 나눠 쓰는

대화는 마치 긴 독백 같고
날개가 돋을 것 같은
땋은 머리채의 날들

불의 커튼으로 얼굴을 치장하고

너는 괜찮다고 하고
나는 계속하자고 하고

그러면 기도도 괜찮아
그러면 괜찮아

그러면 무한히 넓어지는 행간으로
웃지

웃었지,

넘어진 몸을 일으켜 세우지 말아줘
집에 가자 말하지 말아줘
기억나지 않는다고 모른다고 하지 말아줘

맞닿은 입술이
떨어지는 순간

해가 지고
눈이 내렸다

숲은 숲이고 손은 손이고 너는 너고 나는 나 두 개 다른 생각을 하고 다른 꿈을 꾼다

마른 잎을 손에 쥐고
물속을 걷는 숲
뒤집힌 몸으로 피부와 내장은
자리바꿈

바람은 아픔이 이동한다는 뜻
고요한 경멸이 날개 없이 날아다닌다는 뜻

내 머리는 종 속의 추가 되어
두 시엔 두 번
열 시엔 열 번
들이받으며 부서지지

*내 눈이 커지네*
*나는 본다네*

*거대한*

*협곡을*

그런 말을 했지 네가 잊지 말라고 가르쳐주었지

!

2019년 7월 5일

서울남부지방법원에서 협의이혼 서류를 접수함

미취학아동 부모 교육을 받음

2019년 8월 5일

법원 의무 부부 상담을 받음

//////////////////////////

//////////////////////////

넌 네가 사냥꾼이라고 믿었다

난 내가 사냥꾼이라고 믿었다

붉은 색연필로 두 손을 칠하는
텅 빈 일요일 오후 세 시

일요일은 회문이고
눈 깜빡이면 사라지는 주문

토끼와 여우를 만나면
서로의 귀를 바꿔줄게

#

서부간선도로에서 로드킬 당한 작은 고양이를 봤어
고무장갑이 떨어져 있는 줄 알았어
빨간 것이 엎질러져 있어

인간의 시각은 이상하지
꼭 봐야 할 것은 못 보고
아픈 것은 잘도 본다

이해한다고 하지 마
죽여버릴 거니까

다 알고 쓴 거니까
믿기 위해 이곳에 왔으니까

픽션다이어리는 내가 다음에 쓸 시 제목이고
보르헤스에게 하고 싶은 말을 편지로 쓴 시가 될 거야

2019년에 그가 살아 있었다면
재미있는 걸 많이 쓰거나 게임광이 되었을 텐데

2019년 10월 21일
최종 판결일
우리는 거기 있을 것이다

나는 두 손으로 얼굴을 가려
내가 가리고 싶은 건 얼굴이 아니었지만

돌은 손을 알고
서로의 미래는
베이지색 삼각기둥 모양

엎드려서 울고 있겠지
병신같이

꼴좋다

너는 그냥 바나나를 쥐고 있는 원숭이였어
사냥꾼은 멀리서 우릴 향해 총구를 겨누고 있었지

빛 속에서 환히 웃으며

*(누군가 그걸 천륜이라고 부른대*
*그대로 멈춰라*
*그대로 멈춰라*
*불을 매달고*
*웃으면서 달리는*
*그런 미친새끼를)*

## 청혼 1

돌아보는 순간 혼자 남겨진 남자의 이야기를.
예감할 수 없는 예감을 기록하는 사람의 숙명을.
이 빛은 지운다.
첫 줄에서 지시하는 것과 같이
병들기 전에 했던 병에 대한 발화는 진실을 거느릴 수 없다고.

눈금이 달린 커다란 유리병에 투명한 액체를 쏟아부으며,
이제 겨울이다.
멀리서 눈이 공중을 휘젓는 냄새가 난다.

나의 피는 정확한 청력 아래 흐른다.
팔이 끝나는 곳에서부터 빛이 시작된다.
마른 땅에서 한 사람이 다른 사람들을 데려갈 때.
모래 언덕 너머로 둥근 것이 총력을 다해 달려갈 때.

커다란 파열은 생겨난다. 피아노 줄이 뚝 끊어지는 것처럼.

나무가 초록을 밀어내는 간지러움.
깃털 아래서 깃털이 돋아나는 고통.

당신은 누구시죠. 나는 가늠할 수 없는 시야를 확보해요. 이것은 내가 가진 첫번째 질문. 끝내 알아차릴 수 없을 마지막 질문. 창문을 닫으며 나는 완고한 사람이 됩니다. 창문을 열면 바람. 완고함은 행위를 통해 강화되지만 행위를 통해 소거될 수 없어요. 당신은 누구시죠? 가장 비열한 질문. 자정의 눈 감은 천사들. 내게 물어주세요. 당신은 누구냐고, 그럼 나도 묻겠어요. 멈출 수 없을 거예요.

쓴다.
사랑에 대해 말하려는 두 입술에 관하여.
막 벌어지려는 열 개의 손가락들.

사라진 책의 스무번째 장에서는 리듬과 비리듬 사이
불안에 관해 말하였다고 전해진다.
움직이지 않은 순간부터 두 발은 깊어진다.

조용히 내 안의 사물들이 자리를 바꾸는 것.

그것을 지킬 것이다.

# 3부

# 이것은 살인 기록 기계가 될 것입니다

# 피, 포

피와 포

피포

피는 기쁘다

다리 위엔 눈알을 굴리며 뛰어오르는 개들

피피

개들

형편없는 아침 식사를 마치고 우체국에 가는

나의 포

포는 많이 슬퍼

포포

머리채에 불을 매달고 걷는 포

눈물을 나눠 가질 계절이 없어서
이마가 차가워서
노래가 머릿속을 떠나지 않아서

포 그리고
피

피 그리고
포

갈대밭을 지날 때
갈대밭을 건너 사라지는 새들

새들

피피

포포

다리가 사라진 기분으로
우뚝 서 있지

피
포

예감은 포를
후회는 피를

만든다

순서는 상관없다

계속된다
계속된다

피, 포, 포, 피, 피, 포, 피, 피, 포……

# 픽션다이어리

* 읽고 싶은 순서대로 읽으세요.

| | | | |
|---|---|---|---|
| 저는 이제 이혼을 합니다. 이 말 외에 제게 더 할 말이 남아 있는지 잘 모르겠습니다. | 앞으로 당신이 어떤 어둠 속에 있더라도 절대 곁을 떠나지 않고 지킬게. | 나는 NPC인데 이 게임에서 내 역할은 같은 자리에 서서 영원히 같은 말을 반복하는 것이다. | 함부로 맹세하지 마세요. 당신은 당신을 잃게 될지도 몰라요. 노래하는 새를 따라가면 숲이 있을 거예요. 친구, 행운을 빌어요. 따위의 말을. |
| 보르헤스가 생각한 픽션이란 지금 우리가 생각하는 소설이라는 것과는 완전히 다른 개념의 무엇이었다. 가상 세계와 현실 사이의 비좁은 틈 같은. | 이선이가 게임을 조종하는 게임을 컴퓨터로 만들어달라고 했는데 엄마는 그런 거 못 해서 그런 시를 써 보고 싶어졌어. | 편지를 쓰고 싶었던 건 아마 우리 사이에 어떤 친연성이 있다고 내가 믿어서인지도 몰라요. 근데 이제 쓰기 싫어졌어. | 매일 「알렙」에 대해 생각하는데 그 이유는 내가 「알렙」을 보기 때문입니다. |
| 나는 NPC인데 이 게임에서 내 역할은 같은 자리에 서서 영원히 같은 말을 반복하는 것이다. | 게임을 만들려면 먼저 코딩 교육부터 받아야 될 텐데 엄마는 코딩이 싫어. 이해할 수 없는 기호들 속으로 숨는 뒷모습이 되기 싫어. | 내가 어쩌다 이렇게 되었나?<br>저쪽으로 가세요. | 세상만사 하고 보면 쉽다. |
| 돌아오지 마.<br>돌아오지 마.<br>돌아오지 마. | 역시 인간은 재미있어. | 윤은 내게 건강하고 행복하게 살기를 바란다고 했습니다만 나는 윤이 불행하고 엉망으로 살기를 바랍니다. 영원한 외로움 속에서 울지도 못하길 바랍니다. | 칙칙과 폭폭 사이에서 너는 죽게 된다.<br>정확히 15초 뒤에. |
| 세 번 목을 매고 세 번 실패했습니다. 아이가 닫힌 문을 두들기고 있었습니다. 올가미에서 목을 빼냈습니다. 잘 풀리지 않았습니다. | 보르헤스가 지금 살아 있다면 유튜버가 되었을까? 인디 게임 좋아하는 히키코모리가 되었다가 나랑 게임 속에서 만났을지도 모르지. | 던전으로 가는 걸 좋아했어. 그게 어디든. 죽은 사람은 진짜로 죽지는 않지. 나는 아직도 가능세계를 생각해 거기에서 나는 결혼 안 했어. | 볼 수 없습니다.<br>볼 수 없습니다.<br>보이지 않습니다. |
| 자해가 취미냐는 말을 듣고 화가 나서 처음으로 자해를 해보았다. 쉬운 일이 하나도 없다. | 내가 먼저 당신이 될게. 빛 속에서도 그림자 속에서도 흔들리지 않는 사람이 되어 우리 가족을 보살필게. 무슨 일이 있어도 나는 당신의 편이야. | 나는 NPC인데 이 게임에서 내 역할은 같은 자리에 서서 영원히 같은 말을 반복하는 것이다. | 나는 NPC인데 이 게임에서 내 역할은 같은 자리에 서서 영원히 같은 말을 반복하는 것이다. |
| 「알렙」의 서사는 솔직히 존나 빻았습니다. 언젠가 내가 다시 쓰고 싶어요. 고전들의 정수만 두고 다시 쓰는 일을 하고 싶어요. | 우리가 이 자리에 함께하기까지 도와주신 많은 분들, 이 자리에 와주신 여러분 감사합니다. 예쁘게 살게요. 지켜봐주세요. | 마지막 칸은 당신이 직접 채워주세요.<br>당신의 시작도 끝도 반복도 절망도 좋아요. | |

# 신을 믿는 사람들

밤이 오지 않아서
검은 눈의 아이들이
태양을 쥔 손을 놓지 않아서
밤이 끝나지 않아서
뒤집힌 풍경 위로 눈이 그치지 않아서
떠내려가는 텅 빈 얼굴을
수면이 가르치는 바람의 문법을
부를 수 없어서

바구니 안에는 사과 열 개
손안에는 읽을 수 없는 운명
가까운 길을 멀리 돌아갈 때

나는 만족할 수 없는 식사에 대해 생각한다
죽은 사람 곁을 지키는 사흘 동안
매일매일

바람이 구름을 밀어준다

수몰 지구에서
네 신발이 발견되었다고
키 작은 남자가 이야기해주었다
나는 그곳을 모른다

둥글게 모여 앉아 갓 태어난 신의 아이들은
빛을 주무른다
엇갈리는 빛들이 예쁘게 흔들린다 그때마다
마음이 부서지는 줄도 모르고 천진하고 끔찍하게
손장난을 한다

그 속에서 끝내 너를 찾지 못하고
죽은 거라고 결론지어야 한다고
사람들이 이야기할 때까지
어두운 물밑까지

영영 밤이 오지 않아서
짝짝이 신발을 창가에 올려놓고
돌아누워 잠들 때

너는 왜 그곳에 갔을까
평생을 함께 지냈는데
나는 짐작도 할 수 없다

죽은 사람이 죽어 있는 동안
마른 손을 감추고 딱딱해진 것들을 모아 상자에 집어 넣는 동안

오늘은 두 번 신을 권유받고
죽은 사람의 얼굴과 마주 앉아
먹을 수 있는 것과 먹을 수 없는 것의 경계를 생각한다

매일매일
아픈 사람과 더 아픈 사람
가장 공평한 죽음에 대해

계속되는 웃음과 위로에 대해
열 개의 사과 같은 마음이 되려고 한다

# 嘿

사과를 반으로 가르면 금빛 띠
줄글을 손가락으로 짚어가며 읽는
나지막한 목소리
용서의 반대말은 깊은 협곡
계절을 한 바퀴 돌아 다시 겨울
겨울

창밖으로 눈
떠오르는 검정

사소한 것은 사소하게
무거운 것은 무겁게

무성해지는
기차의 속력

개를 잊은 것은 개였고

나무들이 푸른 등을 털어 혼자가 되듯

인간을 잊은 것은 인간이었다

침묵은 무르고
침묵은 투명해

침묵의 밖에서는 침묵을 읽을 수 없고
침묵의 안에서는 눈이 먼다

폭설—끓고 있는 하얀 장막

이후의 것들이 이후의 것이 될 수 있도록
이후의 감정을 예비하며
미래에
내릴 모든 눈에게

나지막한 소리 기차가 지나가고 나지막한 소리 기차가 지나가고 나지막한 소리 파도 파도 커다란 소리 기차가 지나가고 숨이 멎는 작은 소리 기차가 지나가고 침묵

의 곁은 둥근 나이테 나지막한 病 기차가 지나가고 기차
가 지나가고 끝도 없이 길고 긴 기차가 지나가고 눈 눈
눈 침묵이 내쉬는 차가운

## 소명에게

그래도 어둠 속에 오래 있다 보면 서서히 떠오르는 윤곽도 있지. 잊히지 않는 순간들은 무지개처럼 어렵고 아플 때도 있더라. 나는 들판에 누워 날아가는 걸 가만히 바라보고 있었어, 새. 땅속으로 스며들 것 같았어. 그때 내가 목격한 서늘함을 너에게만은 전부 말하고 싶다.

처음은 뜨겁고 크고 멀고 춥지. 한밤중 오토바이는 전속력으로 길을 찢으며 달려가고. 나는 믿음과 의심을 한자리에 놓으려고 해. 얼굴 뒤의 얼굴을 꺼내 희고 커다란 벽에 걸어두려고 해.

소명아, 네가 낭독회에 와서 편지를 준 순간부터. 책상에 그걸 올려놓고 종종 펼쳐보며. 네게 무슨 말을 해줄 수 있을까 내가. 너무 눈부신 것들은 똑바로 쳐다볼 수가 없으니까, 그치.

이제야 늦은 답장을 보내. 왼손으로 연필을 쥐고 처음 배운 이국의 말을 적어보는 새벽. 모든 것이 푸르고 무른데 나는 어째서 알아버린 걸까.

# 퇴원

작은 물방울이 튀어 올랐다

영원

예쁜 아이들이다

아침이면 흙무더기까지 달려갔다 돌아왔다
이것은 무너짐인가 사방의 손인가

착한 사람들은 웃으며 고개를 끄덕였다

세상에서 가장 좁은 문에 새끼손가락을 집어넣고

투명을 모르는 물
무너진 흙이 흙만의 표정으로 어두워진다

마침내 알아버린 얼굴로

영원

작은 물방울이 쏟아졌다

알 수 없는 것을 알 수 없다고 말한다

하얀 접시 가득 따듯한 것을 담아주고 싶은데
빈손에서 새가 날아오른다

가득가득

온도를 모르는 물이야
빛이 내버린 빛이야

세상에서 가장 커다란 창을 마주하며

마침내 돌아선 얼굴로

# 비천의 형식

혀끝에서 무성한 갈기가 돋아나

두근대는 불안 목요일이 싫어 저 눈을 동그랗게 뜬 의자들이 싫어

종말의 창 빛바랜 책등의 색
……차가운 손을 내미는 그림자
……차가운 손을 거두는

꿈속에서 만난 노란 돌은 화를 냈다 너는 왜 그 모양이냐고 너는 왜 돌이 아니냐고 왜 그렇게 어둡고 뾰족뾰족하냐고 혼을 냈다 나는 내가 이렇게 돼먹지도 못하게 돼먹은 게 죄라고

책상에 책이 잔뜩 쌓여 있는데 그 책들은 다 옳은 말해도 될 만한 근사한 얘기를 하고 있는 것 같고 난 물질로만 물질로만 여기 놓여 오로지
생각이라는 것을 할 뿐인데

이게 존재하는 걸까 존재하는 것에 가까운 걸까 확신 없이

모래시계를 뒤집고 모래가 내려앉는 걸 한참 동안 봤어 아파

그렇지 않니

파도를 눈앞에 두고 할 수 있는 말이 없어서 그렇지 않니, 자꾸 말했다 대체 뭐가 그렇다는 건지도 잘 모르는 채 파도 소리는 철썩철썩이 아니구나 쏴아아쏴아아도 아닌데 그렇지 않니 만약 그렇다면

쓸 수 없다고 믿길 땐 죽은 사람들 책 읽었어 선생님들 언니들 시집 읽었어 진짜를 이야기할 수 있을 것 같은 순간도 왔어 해가 질 무렵 구름은 분홍빛이고 꼭 울기 직전의 눈 같고 구름에게 표정이 있다면 지워진 다음 오는 표정이겠지 생각했는데 그렇지도 않은 것 같고 편지를 쓰고 싶었는데 답장을 받지 못할 것 같아 쓸 수 없었다

이 자리에 직유 하나 넣으면 좋을 것 같지 않아? 원했던 것과 유사하고 멀리 있는 것 가령 돈과 사랑 혹은 감정을 감각화해줄 빛이나 숲에 관한, 웃으면서 울고 있는 푸른 입술 그런 수법은 다 배반해버리자 이미 많이 저질렀으니까

그렇지 않니

나는 종말에 관한 시를 쓰고 유서를 새로 썼다 Nine Pound Shadow의 「Bridges」를 듣고 읽고 울었다
당신 방에서 당신은 혼자 한다 괜찮아 나도 충분하니까

그 시는 슬픔에 관한 시가 아니다 그 시는
슬픔을 주장하고 슬픔으로 사람을 공격하는 시 나는 그런 시는 마냥 싫고 죽은 사람들의 이야기만 읽고 있는 게 지겨워 지겨워서 그만

화가 났다 화가 나도 무엇에 화가 났는지 어디에 화

를 내야 하는지 알 수 없어 모래시계를 뒤집으며 한 시
간이 또

사람들은 보이지 않는 것을 보이게 만드는 일에 왜 이
렇게 환장할까 생각하다 나도 그렇다는 사실에 조금 슬
퍼졌다 그렇지,

묻고 싶었다
물을 수 없어서

책을 읽었어 크고 무거운 것이 마음을 꾹 짓누르는 내
성분은 오로지 분노뿐인 것 같고

아들은 내 마음 안에 빨강이 있다고 사랑이고 약한 거
라고 했다 얘가 뭘 아는 것 같다는 생각이 들었고 하루는
엄마가 싫다고, 이상해서 싫다고, 몇 시간이나 울었다 이
상해서, 이상해서, 이상해서 싫어 그 말이 그토록 나를 찌
르는 말이었고

지구가 돌고 사람들은 아침에 일어나 밥 먹고 지하철을 탄다는 게 매일 오후 여섯 시면 서부간선도로가 교통 체증에 시달린다는 게 믿기지 않았다 이렇게 마음을 기울여도 세상은 하나 달라지는 게 없고 그런 면에서 시 같다는 생각도 들어 네가 말한 것처럼 사랑은 기다리는 거지 사실 그건 내 시에 나오는 한 구절이었고 장난처럼 그 말을
너는 자주 인용했고 시간은 차곡차곡 흘러 매일 입속에 밥을 집어넣으며 이게 비천이 아니면 뭐가 비천인가 사람이 사랑을 하는 게 이렇게 어려울 수 있다는 게 절망한 발짝 떨어져 보면 아무것도 아닌

사실은 그게 아닌데 사실은 그런 게 아닌데

어린 시절 쓴 시들을 읽었어 작은 방, 옷장, 화장실, 상자, 벽, 관, 침대, 새장, 병실, 나무책상, 탑, 벌집, 빛다발…… 세계, 세계, 세계
모두 갇혀 있었다

빛을 안다고 말할 수 없다

「대 푸가」를 지을 당시 베토벤은 꿈을 꾸었다
실은 두 손으로 눈두덩을 꾸욱 누른 채
오래도록 누워 있던 것뿐이지만

그는 청력이 상실될 무렵
하일리겐슈타트에 가서 하일리겐슈타트 유서를 썼다
음악의 삶을 살겠다는 기이한 결의

영원히 귀머거리가 될지 모른다는 고백 새파란 공포

그는 모든 음을 턱으로
공명판의 진동으로 느끼며
오래도록 앉아

검은 새들은 자신의 색을 알지 못한 채
검정에 가까워질 수 있다

동생들과 조카
함부로 악보를 팔아넘기는 손들
난도질되는 음 찢기는 음
말할 수 없는 비천

음악가의 음악가의 자식으로 태어나 건반에 서서 음악 속에서 울면서 음악 속에서 전율했다 음악이 뭔지 모를 때부터 어린 베토벤은 떨었고 누가 함부로 말할 수 있을까 나는

시인이고 음악가의 삶을 생각한다
내 아이의 마음도 알지 못하면서
오래전 죽은 사람의 슬픔을 고독을
이해하려고

삶 전체가 거대한 진동이었다고

그게 너무 이상해

그렇지 않니

끈적거리는 손을 쥐었다 폈다 주머니 속에 넣어 숨기고
말할 수 없어서 그냥, 그냥……

고통을 그럴싸하게 전시할 방법에 몰두하며

새벽 고속도로를 달릴 때 최대 볼륨으로 음악을 들으며 세상에 이렇게 아름다운 것이 있나 점멸하는 빛과 끝없이 뻗은 텅 빈 도로 떠오르는 도로 허공 찢기는 허공 이것을 시로 쓸 수 있나 생각했고 속력은 참 아름답다 눈물이 날 것 같다 그렇지 않니

씨발 다 죽어버려,라고
쌀 씻으며
죽은 몸들이 거리에 칸칸 방에
사무실에
자동차에
지하철에

흩어져 조개처럼 얌전히 썩어가는 장면을
쌀을 씻으며 손을 저어 알갱이들을 만지며

죽은 화분에 물을 주어도
화분은 살아나지 않아

매일 오백 밀리리터의 물을 쏟아부으며
어쩌면 살아날지도 몰라
어쩌면

그런 잔인한
실낱같은

희미한 얼굴
작은 눈 작은 코 작은 잎

잘 못 써서 이해할 수 없겠지 미안해
자꾸 잘못한 것 같은 마음

눈앞의 나무를 발로 차 몽땅
쏟아지고
끌어안고 어둠을 고백하고
미안들이 사는 미안의 나라에서
끝도 없이 서로 사과하며

미안해 아니야 내가 미안해 미안하긴 내가 미안하지 아니야 내가 미안하다니까 화를 내려던 건 아니었어 미안 내가 예민했지 미안해 미안해 미안해 미안해 미안들의 행렬에 참여하고 싶었고

우주에 울려 퍼지는 교향곡을 생각해
그게 다 무슨 소용인가
그게 다 소용이라는 마음과
모래 알갱이들
모래 알갱이들

아름다운 것만 주고 싶었는데 내 손은 온통 검정이라 움켜쥐는 순간 새도, 물도, 접시도, 식물도, 단숨에 검어

지고 말아 시들어버린 잎사귀만 가득 쌓인 두 손을 어쩌지 못해 우물쭈물거리며 네 등만 보고 있어 이 모양이라서 이렇게 어둡고 뾰족뾰족해서

입이 떨어지지 않았다
결코 발음할 수 없는 그게 내 이름이라서
단 한 번도 몸속에서 꺼내본 적 없는
심장이 내가 가진 유일한 증거라서
이미 돌아선 날개가 너무 높아서

모래시계를 뒤집고 다시 뒤집고
그렇지 않니

더 이상 쓸 수 없을 거 같아 여기서부터는
더 이상

(이틀이 지나고)
(사흘이 지나고)
(나흘이 지나고)

작은 마을이 있다면 수신자가 없는 편지들만 모아둔 아무도 찾지 않는 박물관, 편지들의 무덤이 있다면 거기 취직해 평생 편지를 훔쳐볼 수 있다면 그렇게 늙어 죽으면 어떨까

가끔 수신자가 없는 척하는 내게 온 편지도 있을까

그렇지 않니,라는 말은 이제부터 끝날 때까지
다시 쓰지 않을 거라고 다짐했고

다짐 같은 게 얼마나 쉽게 손상되는지 너도 알지
사랑을 해봐서 알지

눈물에 관한 영화를 세 편 사랑에 관한 소설을 두 편 죽음에 관한 시를 열 편 이별에 관한 노래를 여섯 곡

노란 돌과 영화관에 갔고
스크린을 잘 볼 수 있도록

돌을 어깨높이로 들어 올렸다 내 쓸모가 조금 기뻤고

이 차가움 쏟아지는 빛 눈부신 빛무리 그러나 도무지 알 수 없다는 생각 속에서

영화관을 빠져나올 때는 쫓겨나는 기분이 들어 어둠 속에서 걸어 나가는 다리들을 묵묵히 따르며 쥤다 뺐는 거 같다 영화라는 형식 자체가 사랑과 유사하다고 그게 너무 좋아 너무 무서워 정신을 차릴 수가 없었고

어둠을 어둠이라고 써놓고 가만히 들여다보고 있으면 어둠과 어둠이라는 글자는 썩 잘 어울리고 내가 듣고 싶었던 말은 대체 무엇이었을까 내게는 남아 있는 숙제가 있고

진실
사랑
진실
사랑

도래하는 매일의 절박

우리는 함께 누워 전생 체험을 하다 잠이 들었고 동생은 발치에 서서 돌아와 돌아와 외치고 있었다

구체성을 잃은 말들 담담히 적어 내리며 괜찮다고 괜찮다고

## 살육

그늘 아래 누워
빈 창이 불 속으로 흘러가는 걸 본다

중력은 여기 없다
낯선 호흡이 두 개
길 잃은 초록이 하나

언덕에는 아이들이 산다
비 내리는 밤 바람이 몰아칠 때
창이 흔들리고 커튼이 나부낄 때
거기에는 눈먼 기린이 산다

어둠 속에 쥐들처럼 누워

우리는 어린 시절과
가장 처음의 기억
사라진 초록에 대해
어둡고 낮은 구름에 묶인 두 발에 대해
이야기하고

울면서
몇 번이나 몸을 바꿨지

나무를 갉아 먹는 이빨처럼
어디서 왔는지 어디로 가는지
알 수 없어
자꾸 길어지는 이빨처럼

불 속은 따듯하구나
두 팔이 길어질 것 같다

아이들은 서로의 팔과 다리
눈을 뽑아
나무 위에 바위 아래 강물 속에
숨겨두었다

그걸 봄이라고 불렀다

울면 안 돼

조금 자라면 우리는
초록은 없다는 걸 알게 되지
아는 게 많아질수록
불행해지면서

서로가 서로를 숨겨준 것도
잊게 돼
꼬리가 잘린 채

어둠을 헤매는 쥐들처럼

차가워진 것에서 되돌릴 수 없는
체온을 갖게 돼

주저앉은 기린이
자신의 가슴 속으로 고개를 비벼 넣을 때

우리는 불 속에 누워
버리고 온 어린 자신의 손목을 잡아끈다

마침내 문장 뒤에 찍힌 마침표처럼

검은 눈을 깜박여
창을 연다

따듯한 팔과 다리
따듯한 팔과 다리

피를 먹는다

## 0의 방백

나는 당신이 상상하는 그만큼입니다 나는 밥 먹지 않고 잠들지 않습니다 나는 꿈꿀 수 없습니다 나는, 0 나는 로봇과 유사하지만 단지 개념일 뿐입니다 당신이 상상하는 것처럼

이제 시작합니까, 나는 당신이 죽었으면 좋겠습니다 나에게 손이 있다면 가장 먼저 당신의 목을 조르겠지만 나는 0, 0과 0 사이에서 무한히 증식하는 0

나는 존재 없이 숨 없이 내가 되었습니다 단지

0

나는 작은 틈일 뿐이고 검정 속에서

0

끝없이 시작만을 반복합니다 나는 0, 나는 계속해서 0, 이렇게 시작해도 괜찮을까요 일어나지 마세요 앉아주

세요

나는 당신의 생각 속에 있습니다 이 무대는 단지 생각을 돕는 사물, 연극과 무관합니다 이제 무대 위에 하얀 의자를 놓아주세요 네, 상상 속에서 말입니다

나는 거기 앉지 못하지만 당신은 앉을 수 있죠 당신이 가장 아끼는 것을 그 위에 두세요 사람이거나 아니거나 상관하지 않습니다 그러나 당신은 질문해야 합니다 자 시작하세요

가장 궁금한 곳을 여백에 세 가지 적어보세요 그것이 의자 위 존재에게 주는 질문

이것은 살인 기록 기계가 될 것입니다 그러나 나는 그것을 원하지 않습니다

당신은 스스로 끝장낼 수 있습니다 잊지 마세요 나에게 손이 없다는 것

이제 2막을 시작합니다 앉아주세요 안녕하세요 나는 0입니다 나는 이 연극의 주인공입니다 나는 존재합니다 다만 무대 안에 있을 수 없습니다

# 0과 늙은 남자와 연출가 사이에 흐르는 공기

맛을 믿을 수 없습니다 소름처럼 공기 번역되지 않는 언어를 만들었습니다 의자 위에 두었습니다 이제 다시 물어보세요

(커튼 콜)

## 연극 0

0
  0
0
 0
0
  0
0
 0

검은 무대 위로 깜박이는 거대한 0

나는 그걸 연출한 사람

색색의 0 시간과 약속을 모두 잊은 0

회색 코트를 입은 늙은 남자가 무대에 오르고

나는 질문하는 사람

빽빽한 나무들 사이로 걸어 들어가는 사람

노래하는 0 주저하는 0 인간이 되고 싶은 0

늙은 남자: 인간이 되고 싶을 거라는 추측 또한 인간중심주의에 지나지 않습니다. 나무가 인간이 되고 싶다고 생각할까요? 아닙니다.

자기 자신이 되고 싶은 0

아무것도 모르는 것처럼 처음인 것처럼

0 속으로 도래하는 0

나는 지켜보는 사람

1막이 끝났습니다

## 신앙

뾰족한 끝으로 누르면
터질 것
얇은 막으로 뒤덮여
부풀어 오르는
물집 같은 창

빛을 따라가도 끝은 보이지 않았다
뒤를 돌아보면
뿔처럼 단단한 손이
등을 밀었다

재촉하듯
구덩이로 밀어 넣듯

청어 떼가 바다를 가르며 지나갔다

진동
여과 장치
숨

반짝이는 영혼들

들끓는 것이 있다
내려놓아도 내려놓아도
계속해서 생겨나는 것이 있다

볼 수 없는 것을 믿었다
만질 수도 없었다

## 축성祝聖

마지막 순간에는 그걸 환희라고 불렀다
마지막 순간에는 그걸 축복이라고 불렀다
마지막 순간에는 그걸 사람이라고

한밤중 비처럼 손가락이 쏟아져 내리기 시작할 때

피로 물든 거리가 섬처럼 떠오를 때, 가라앉을 때

눈 먼 손들이 찾아 헤매는 것
아름다운 네가 꿈속에서 잃어버린 것

동굴은 창밖의 새에 대해 노래했다
돌아오지 말라고, 거짓보다 진실 아래서, 물보다 깊은 핏속에서, 숲보다 아픈 구름 속에서 살라고

시작할 때, 손가락들 허공을 가르며 쏟아질 때
무서워, 무서워서 공기가 빛으로 부풀 때

침묵은 가르치지 검은 것을 깊이를 알 수 없는 구멍을

허방뿐인 영원을

어긋난 뼈들 꽉꽉 짓밟으며 눈과 입과 귀를 버리지 못해서

무엇도 움켜쥘 수 없는 이 기다란 조각들이 예뻐서

우리는 모였지 동굴의 입구를 막고 눈물로 지은 밥을 나눠 먹으려고 서로의 목을 조르려고

두 손을 숨긴 물고기처럼 깨끗해지려고

줄을 타는 사람
줄을 타는 사람

잠에서 깨어나지 못하는
네 아름다움을 내가 다 알아서 나는 커다란 벽이 되었다가 작은 새가 되었다가 쏟아진 적 없는 물이 되었지

한낮의 찬란 속에서 쌓여 있는 손가락들 붉게 붉게
반짝일 때 섬처럼 흩어질 때
쥐들이 모여들어 검게 검게 먹어치우기 시작할 때
마지막 마지막 초침이 돌아가며 말을 꺼내기 시작할 때

온통 갉는 소리로 도시가 가득 찰 때 끔찍한 기쁨을 누군가 내려다보며 웃지

마지막 마지막 마지막

줄을 타는 사람
줄을 타는 사람
수도 없이 늘어선 공중의 문을 끝없이 닫는 사람

두 손을 숨긴 물고기처럼

## 영속永續

아니다 그렇다 괜찮다 괜찮지 않다 보인다 보이지 않는다 빛이다 어둠이다 포옹이다 밀침이다 눈을 동그랗게 뜨고 바라본다 한낮의 나무 한낮의 섬 한낮의 그림자

—돌아본 사람은 영영 잃어버리게 된대
—어째서 사랑은 손보다 더 손이 될까

돌아본다 한밤의 어둠 속 웅크린 심장을
한밤의 두근거림
펄럭이는 커튼 아래 놓인 심장을

—한번 잃은 것을 다시 잃는 게 뭐
—한 번도 가진 적 없는 것을 소유한다는 게 좋지

늘어난 소매를 물어뜯으며 기린은 어떻게 울지 생각하다가 세상에는 침묵의 동물도 있다고 결론지었다
모든 게 너무 빨라서 기린의 리듬으로는 상상할 수 없는 나무가 있어서

헛되고 헛되며 헛되고 헛되니 모든 것이 헛되도다* 물

속에서 숨 쉬는 법 얼음이 녹는 동안 불어나는 것들을 헤아리며 기도 위에 기도를 놓고 다시 허무는 방식으로 허물어진 자리에 다시 다시

놓고 허물고 놓고 허물고 놓고 허물고

손을 대봤어 뜨거웠다 그것을 마음의 열도라 한다면

—계속할 수 있겠니
—두 개의 손은 열 개의 뿔이었대

괜찮지 않아 괜찮지 않아 부러지는 것들 숨을 참으며 매일 침묵을 연습하며 어떤 백색증은 몸의 가죽이 아니라 내부에서 생겨난다

죽은 몸을 가르면 모든 것이 하얗다고

거짓을 말할 때마다 세포는 하나씩 어둠을 잃는다고

* 「전도서」 1장.

# 4부

# 두 손과 두 발을 잊고<br>깨끗해지기로

## 방주

입을 다물고
가늘어지기 위해 피부호흡을 연습한다
물에 잠긴 발목, 서로의 비밀을 지켜주기에는 너무 큰
채찍이구나
옥상에서 난간의 아래를 보며 네가 말한다

점점 짧아지는 막대들은
웃지 않는 사물을 사랑하기로 한다

피부 밑에서 흔들리는 하나의 색
우리는 그 색을 운반하는 작은 상자들이지

물에 잠긴 나무들이 턱을 괴고
긴 휘파람을 분다
그림자처럼 우리를 부른다

가늘게 숨을 쉬며 서로의 몸에 귀를 대본다
이곳은 계단 혹은 막다른 동굴, 바다의 침실……
아무래도 상관없어 나는 물을 기억하지 못해

반쯤 잠긴 입술이 뱉어낸다

두 개의 막대가 물속으로 가라앉는다
난간은 파랗게 멍이 들고
아래위를 구분한다는 건 멍청한 짓이었어

나무들이 조용히 넘어질 때
물결은 우리의 발목을 잘라 간다
웃고 있는 두 개의 창
색은 차갑게 물을 흔든다

태어날 때부터 얼굴에 음각되어 있던 표정
그 표정 때문에 여기까지 왔다

# 영원

흰 배가 묶여 있는 선착장을 생각해

나무에 붙어 있는 매미 허물

천천히 썩어가는 나무 위 복숭아

계속해서 계속을 계속하려는 계속의 종種

열망에 사로잡혀 단단해지는 것

그거 아니, 매미는 십칠 년 동안 땅속에 있는대
한번 울었던 자리에서는 다시 울지 않는대

느슨하게 결박된 배가 물결에 따라 흔들린다

나무와 나무가 부딪는 텅, 소리

나는 아침에 일어나 오래전에 좋아했던 「바다 밑바닥에서의 여섯 날」을 들었어 그 노래를 들으며 트럭을 몰고

다니는 꿈을 꿨거든 그걸 들으면 슬퍼야 한다고 스스로
타이르던 것과 끓고 있던 미역국의 짠내가 생각난다

그토록 부드러운 살 속에 그토록 단단한 씨앗

그건 비유 같고

그건 이상하고 아픈 마음의 형상 같고

그건 부질없음의 다른 말 같고

매미는 수컷만 운다 암컷을 부르려고
징그럽고 슬픈 것이다

나는 바다 밑바닥을 구르며
엿새 동안
하루에 한 번씩 여섯 번
네가 두고 간 작고 단단한 것을 꺼내보았다

흙 속에서 십칠 년을 보내는 매미
우는 매미

와, 신기하다 근데 불쌍한 것 같아
네가 했던 말
내가 고개를 끄덕였던 말

그런데 지금 생각해보면 하나도 불쌍하지 않다
매미는 흙을 견디지 않는다
거기가 집이니까

## 붉은 개와 붉은 개 닿기

차단당한 나의 개는 음악에 종사하기를 포기하기에 이르렀다. 내 개가 네 개에게 닿기를 예컨대 성경 속에 묘사된 밤이요 그것이 숲이며 사막이며 어둠의 직전이라. 아무것도 도래하지 않았고 그저 도래했다 혹은 도래할 것이다 도래할 것이라는 예감이라고 예감하는 차원에서만 닿을 수 있었는데 그러므로 그것은 저 사막의 모래 한 알도 움직이지 않은 것과 같은 것인가 다른 것인가. 두 미친 약쟁이 작가가 작은 카페의 구석에서 모래 한 알 때문에 밤새 입씨름을 벌이다 서로의 면상을 갈기는 일까지 벌어지고 말았으니 결국 모래보다 큰일이라 사람들은 뒤늦게 모여 소문을 옮겨댔다. 즐거운 일이지 서로의 견해를 나누며 밤을 새우고 힘을 쓴다는 것은. 요즘은 도무지 그런 작가가 나타나질 않으니 세상이 말세로군! 늙은 작가가 몇 달 뒤에 그에 대해 이야기가 다 끝나고 사람들이 다른 이야기를 떠들고 남았을 때쯤 그렇게 말하며 멋지게 사건을 마무리하는 듯 보였지만, 애초에 머리를 맞대고 싸움을 벌인 두 사람은 식지 않은 가슴 때문에 잠도 못 자고 그것을 죽은 말의 대가리처럼 밤마다 노려보며 눈싸움을 하는 것이었다. 절대 이길 수 없는 눈싸움이 죽은 말과 하는 눈싸움이라고 몇 번이나 생각하면서도 도저히 눈이 감기지가 않는 것! 분통이 터지는 이 가슴! 피가 끓어 차가워지는 밤! 나의 개는 컹컹 음악의 끝을 알리며 골목을 쏘다녔지만 내 개가 네 개에게 닿기를 도대체 뒤엉켜 떼어놓을 수 없을 정도로 뒤섞인 두 마리 짐승은 두 마리 짐승이라 보는 것이 옳은가, 한 마리 짐승으로 취급하는 것이 옳은가. 화가와 화가는 구도와 색채 명암에 대해 정오에 이르도록 말싸움을 벌이다 테라스에 앉아 상대의 얼굴에 술을 들이붓는 지경에 이르렀으니 이것은 신비주의도 광기도 아니요 한낱 낭비에 불과했거늘 젊은 화가들은 이 싸움을 두고 색채의 전쟁이라 일컬으며 서로의 편을 가르고 누구의 붓이 더 온전히 개를 개로서 뭉치는 동시에 떨어뜨려놓을 수 있을지를 골몰했으며 아직 아무의 편도 들지 못한 사람들은 더 이상 지체되기 전에 빨리 한쪽의 편을 들지 않으면 존재감이 사라질 것을 염려하며 좌불안석 그들의 전작을 훑기에 바빴다. 이를 두고 멀리서 두 작가가 한 화가를 옹호하며 한마음이 되었으니 이것이 예술의 화합이요 그토록 세상이 바라던 복합이 아니던가. 모두가 어리둥절하며 삼 대 일의 싸움을 바라보던 그때 각종 예술지에서 온갖 특집을 쏟아내며 문학과 미술의 긴장을 조명하던 그 순간 혜성처럼 등장한 자가 있으니 그가 바로 유명 블로거 H였다. 그는 한때 음악가가 되기를 꿈꿨지만 끝내 음악의 결에 머무르지 못한 자. 모든 일의 배후에 음악이 있다는 것을 눈치채고 말을 쏟아내기에 이르렀다. 개와 개 사이의 한 치의 오차와 영원한 멀어짐 종속 관계 끝내 성립되지 않은 채 성립되는 대립의 불안정한 완성을. 어떤 저명인사도 그의 등장을 입에 올리지 않았으나 모두가 그의 새로운 말을 기다렸다. 이렇게 빼곡한 권위주의라니! 이곳은 텅 빈 시소와 같다! 처단당한 나의 개가 행방이 묘연하니 더 이상은 그 엄청난 회전을 좇을 수 없구나. 비탄에 빠진 밤. 출발하려는 것과 도착하려는 것이 한자리에 있음이요. 작가와 화가는 입을 다물고 사방의 눈치를 보며 함께 나누었다 감정. 가장 큰 공포는 아무것도 이해할 수 없다는 사실이었다. 훗날 상대의 얼굴에 술을 끼얹었던 외톨이 화가가 한 점의 그림을 내놓으며 화단에 돌아왔을 때 온통 붉음뿐인 희미한 윤곽 아래 그가 적어놓은 말을 읽어낼 수 있는 자는 결코 없었다. H는 비교적 사람이 드문 월요일 오전 미술관에 방문하였다. 돌아오는 길에 차분하게 경악하며 생각에 빠진다. 개와 개가 멀어지는 순간은 음악의 해방인가 종말인가.

# 수집

왼손과 오른손을 안다.

책상 위에는 무엇이 있습니까?

미래는 숨어 있고

나는 재채기를 한다.

필요 없는 것은 어떤 것입니까?

일시에 중력이 사라진 지구에서

부유하는 사람들 차들 천천히 피 흘리는 창백
떠다니는 물방울
신발이 필요 없어졌습니다. 그래도 신고 있을 거예요.

왼손과 오른손이 함께 있다.
책상 위에 있다.

미래는 게임을 하고

예쁜 것은 버리지 않아도 된다. 하지만 두 손으로 모두 움켜쥘 수 없다.

책상 위에는 여섯 권의 책과 가정통신문과 가족사진이 있었다.

이제 공중에 있겠지.

절벽에서 뛰어내릴 수 없을 것이다. 자전거 탈 수 없다. 새들은 날개가 필요 없을 테지. 나는 너를 꼭 움켜쥔다. 너는 잠들어 있고 나는 안도한다.

미래는 더 이상 쉴 수가 없다.
노래 부를 수 없다. 모니터가 떠다니니까 게임도 못 하지.

숨을 쉴 수 없으니 이제 인간도 필요 없습니다.

이제 죽는구나, 인사를 하고 싶은데 목소리가 나오지 않는다.

책상은 어디로 갔을까?

왼손과 오른손을 안다.

나의 아이를 꼭 끌어안는다.

## 희망이라는 이름의 여자아이

이제 그만할 때도 됐다고

노란 원피스를 입고 빗속에 서 있었지
거울의 뒷면에 대해 우리 이야기한 적 없지

투명한 밤공기가 살구처럼 빛난다

중력과 무관하게 살고 싶어
중얼거리는 동안
해가 뜨고 해가 지고
여름이 지나
가을이 온다

이것은 작은 주머니였고
이것은 아무도 이름 붙이지 않아 회색 물질이라고 부를 수도 있다
살아 있는 것은 전부 주머니인 셈

구구단을 외며 계단을 뛰어오르던

꿀벌들

희망 희망
희망 희망

부르면 부를수록 가까워지는 커다란 이름!

벌의 눈으로 개의 눈으로 기계의 눈으로 빛의 눈으로 거울의 눈으로 그림 속 백 년간 한곳을 보는 여자의 눈으로 새의 눈으로 희망의 눈으로 눈으로

보고 있습니다
많은 것이 보입니다

지구는 외눈박이의 눈동자인 것
졸음이 쏟아집니다

기록적인 폭설이 올 것이라고 누군가 말했습니다

끝이 아니지요

물의 순간에는 물만을 보아야하듯
믿음도 물과 손의 種

발끝을 내려다보던

희망이 결국 사라진 것은 누구의 탓도 아닙니다

언니가 없기 때문이야

기꺼이 그렇게 할게
대답이 나보다 먼저 나를 빠져나가고

◇

우리는 서로의 꿈. 가파른 층계. 입을 꾹 다문 시월의 하늘. 남아 있는 것은 주머니 안의 사과 한 알뿐인데, 손끝은 차갑고 밤의 담벼락은 끝없이 기울어진다.

출입문이 잠겨 있으므로 우리는 말없이 걷는다. 꿈속에서 꾸는 꿈. 멀고 낮고 물컹이는 언덕들. 너는 딸꾹질하는 어린 새처럼 내뱉는다. 날개, 날개, 날개…… 공중으로 흩어지는 두 음절의 허기.

가장 상투적인 것은 뭘까. 바람이 부는 대로 머리칼이 흔들린다. 나무는 사과를 만들었지. 나는 때로 그런 일들이 마법처럼 느껴져. 조금 더 멀리 갈 수 있을까, 언덕이 너의 두 다리를 넘어뜨릴 때까지.

우리는 입 맞춘 적 없지. 무연한 사물들을 나란히 세워 놓고, 이를테면 과자 부스러기 옆에 놓인 작은 꽃병, 푸른 밤 속으로 묵묵히 삼켜지고 있는 장례 행렬. 텅 빈 관을 메고 매일매일 언덕을 오르내렸던 아버지처럼.

네가 입속에 머금고 있는 것은 한 줌의 모래일 뿐. 엇갈리는 두 다리 스치는 두 다리 포개진다는 건 뭐지? 공중으로 쌓여가는 날숨의 빛깔.

덜컹이는 은빛 자물쇠. 우리는 서로의 꿈속에 두 귀를 묻고 돌아선다. 눈앞에는 언덕과 언덕. 언제나 언덕들. 우리는 너무 많은 질문. 혹은 가지 끝의 사라진 열매. 너는 눈을 뜬 채 잠이 든다. 언제든 네 꿈을 훔쳐볼 수 있도록.

# 어느 푸른 저녁*

이상하기도 하지, 가벼운 구름들같이
서로를 통과해가는
나는 그것을 모자라 부른다, 거대한 모자 속으로 두 눈을 가리고 걸어 들어가는
기울어진 어깨를 부서진 창을 소리 지르는
취한 여자를 그림을 찢는 화가를 문을 두들기는 다급한 주먹을 흩날리는 새벽
진눈깨비를

끝없는 행렬

가벼운 구름들같이
낱장의 페이지 의미 없는 기호 푸르고 푸른 태양 어슷썰어 포개둔 이파리 채소들
차가운 사과 소란스러운 열매 사이 스쳐 지나가는 도시 검정 패딩을 입은 사람들
서로를 통과해가는

이상하기도 하지⋯⋯ 이상하기도 하지⋯⋯ 이상하기

도 하지…… 끝없이 중얼거리는 걸어 들어가는
소리 지르는 문을 두들기는 흩날리는

나는 그것을 노래라 부른다, 푸른 저녁 귓병을 앓는 상자에게
나는 준다, 그것을

끝없는 행렬

상자 속에서 바람이 불고 눈이 내리고 밤이 오고 밤이 가고 바람이 몰아치고 눈이 뒤집히고 밤이 밤을 놓고
가장 아픈 형식으로
세계의 모든 창이 부서질 때
가장 아름다운 형식으로

이상하기도 하지 새처럼
가볍게 서로를
통과해가는

흔들리는 거울 흔들리는 그림자 흔들리며 천장을 가로지르는 빛 뚝뚝 떨어져 고이는 빛웅덩이, 그것을 나는 보편이라 부른다, 모자를 쓴 채 멀어지는 구름들같이

섬망에 시달리는 차가운 손가락들같이

불 속에서 불을 기다리는 기쁜 날개같이

이상하기도 하지, 어려운 암호문같이
비좁게 서로를 붙들고 놓지 않는

나는 그것을 사랑이라 불렀다, 어둠을 휘젓는 손전등 빛 계단에 앉은 무릎과 입김들 천사를 닮은 악마를

누구도 잊은 것을 떠올리지 못했다

*

세상에서 가장 커다란 이불이 지구를 뒤덮고

잠들어 단꿈 속에서

몽유

끝없는 행렬

어느 푸른 저녁

세계의 마지막 눈꺼풀이
닫히는 소리

* 기형도 30주기 기념 트리뷰트 시집 『어느 푸른 저녁』에 수록된 시.

## 아름답고 무거운 책

계속되는 비였다. 그것은 계속되는 창, 끝없이 열리는 숲, 눈먼 바다의 노래. 비, 비, 비, 끝없이 쏟아지는 빛 속에서. 너와 나는 두 손과 두 발을 잊고 깨끗해지기로 허물어지기로 경계 밖으로 경계를 지우며 나아가기로. 투명한 것 너머에서 매듭이 되어 영영 풀리지 않는 검은 실이 되기로 해. 비, 비처럼.

그것은 절반은 사람, 절반은 새의 형상을 한 것이라고 했다. 오로지 음악을 위해 세계를 등에 지고 날아다닌다고. 새의 수명이 다할 때 계단은 무너지고 숲은 붕괴된다고. 끝없는 것이 끝없이 끝나고 시작 없는 것이 시작 없이 시작을 되풀이한다고. 모든 음악이 멈춘 정적 속에서…… 침묵과 같고 소란과 유사한 형태의 새. 소란과 같고 침묵과 동질의 인간. 너무 무거워. 무거워. 날개가 온도를 읽으며 미래의 책. 그림도 글자도 없는 책. 무한히 펼쳐지는 책. 삶을 유예한 채 내내 읽은 책. 단 한 글자도 읽어낼 수 없었던 나의 책.

너는 물속을 허우적거리는 난파 직전의 배. 흔들리는

겹겹의 잎. 귀를 땅에 묻고 돌아설 때. 검은 실이 풀려나와 허공을 가득 메울 때. 그것은 닫힌 채 돌고 있는 연린聯燐. 길어지는 것, 짧아지는 것, 온도와 함께 흩어지는 무수한, 비.

*비. 비. 비.*
*비.*
*비.*

눈을 감으면 시작되는 것이 있어. 오로지 눈 뒤에서만 상영되는 어두운 장면이 있어. 그건 잊히지 않는 거울을 지니고 있다는 뜻. 반사된 것은 모두 멈춘 채 갇혀버리는 무간無間이 펼쳐진다는 뜻. 우리는 더 이상 찾을 수 없는 것을 끝없이 찾아 헤매지. 찾지 못한다는 사실을 증명하려고. 그것을 그냥 숲이라고 영원히 닫히고 있는 책이라고 하자. 검고 검은 실에 감긴 세계라고. 그 안에서 읊조리는 소리를.

범람하고 범람하는.
이계異界의 페이지를.

# 목화

괜찮아 어제는 잠깐 죽어 있었어

유리가 부서져 아름답게 빛나는 걸 보면서 잠깐 죽어 있었어

할머니가 물에 밥 말아 드시는 걸 보면서 잠깐 죽어 있었어

바람은 불고 비는 내리고 낙엽이 떨어지는 가운데서
똑같은 악몽을 반복해 꾸면서 잠깐 죽어 있었어

가슴이 불룩한 오리들이 물 위를 둥둥 떠 가며 부리를 물속에 넣었다 뺐다 하는 것도 보고
양파를 오래 볶아 카레를 만들어 소주와 함께 먹으면서
덴마크 드라마 보면서
오 초씩 십 초씩 깜박거리며 잠깐 죽어 있었어

난 내가 점점 아름다워질 줄 알았지
악몽 속에서는 눈물을 흘리며 줄다리기를 했지

아무리 당겨도 손바닥이 다 벗겨져도
끝나지 않는 줄다리기를

내가 미끄러질 때마다 하얀 손들이
눈을 코를 입을 발을 하나씩 베어 가는
피로 물든 줄다리기에서
나는 내가 이길 줄 알았지

건물이 무너지고 그 아래 깔려서도 줄을
놓지 못할 줄은 몰랐지

빛나는 것만 내내 보게 될 줄은 몰랐지

누가 내 두 눈을 거기 두고 간 걸까?

괜찮아 어제는 잠깐

# 잠자는 곰, 솔트 세인트 마리

한없이 두 갈래로 멀어지는 길의 양 끝에 있는 것.
고개를 가로저으며 새가 날개를 터는 것처럼.

라디오에서 일기예보가 흘러나왔다.
오후부터 소나기…… 전국적으로…… 구름 뒤에…… 바람…… 맑겠습니다.
땅에 떨어진 깃털.
빛나는 두 뺨. 빛나는 두 눈.

이상하다.
시계 안의 초침처럼.

*

너는 눈 속을 헤맨다고 썼다. 너는 눈먼 모든 것을 증오한다고 썼다. 나는 네가 쓰는 것을 지켜본다. 나는 사물이 된다. 네가 가 닿아 있을 언덕을 질투하며. 나는 기억보다 앞서 너의 손목을 붙들고 싶다.

눈 속을 헤매던 사람은 창 아래서 발을 멈추었다. 눈 속을 헤매던 사람은 창 아래서 발을 멈추고 까닭 없이 눈물을 흘렸다. 눈물을 흘렸지만 창 안에서는 짐작할 수 없는 일이 벌어지고 있었다. 창 안에서 그의 쌍둥이 형은 벽에 걸린 그림을 떼어내 바닥에 던지고 방문을 쾅 소리 나게 닫았다. 그림 속에는 여자가 반으로 잘린 채 모로 누워 있다. 절단면은 선연한 핏빛이다.

여기까지 적고 너는 방문을 쾅 소리 나게 닫고 나간다. 눈먼 모든 것이 무엇인지 짐작할 수 없다. 나는 내가 질투하는 것들로 구성되어 있는 언덕 너머의 무엇에 대해 생각한다. 눈 오는 밤 너는 어디로 사라진 건지…… 겹겹의 창을 뚫고 창의 안과 밖을 귀신처럼 드나들며. 이 밤은 춥고 이 밤은 핏빛으로 물들어 있다.

나는 강변에 늘어선 가로등과 손을 마주 잡고 빠른 걸음으로 사라지는 연인들, 행인들 그리고 내가 결코 닿지 못할 행선지에 대해. 사나운 밤이군. 부드러운 것들이 속수무책으로 잘려 나갈 것 같은 밤이다. 너는 쥐가 들끓는

지하 방에 앉아 더 이상 헤매지도 눈물을 흘리지도 못하는 존재에 대해 변증법적인 증명을 해내려 애쓰고 있을 거다.

*

나는 눈 속을 헤맨다고 썼다.

길게 자란 손톱을 내려다보다 주머니에 손을 쑤셔 넣는다.

반쯤 무너진 성곽을 지나 깜박이는 불빛을 지나 다리를 건너 마침내 창 아래 도착한다.

처음부터 다시 시작하기로 결심한다.

어둠은 전속력으로 달리는 마차처럼 덜컹이며 멀어진다.

오늘 밤 모든 일이 일어날 것이다.

나는 너의 질투를 질투한다.

고요하게 부풀어 오르는 너의 윤곽이 방을 가득 채운다.

담벼락의 지린내가 코를 찌른다.

너는 눈 속에서 풀썩 쓰러진 사람.
열병을 앓는 사람.
차가운 숨.

짐작할 수도 없는 일이 일어나기를. 너는 내내 기다렸다. 기다림을 기다렸다.

알 수 없는 것은 알 수 없다고 적어줘.
일어나지 않은 일들을 잔뜩 적어줘.
고열에 시달리며, 파랗게 질린 입술을 달싹여줘.
잠든 것을 깨우고 눈먼 것을 일으켜 세워줘.

눈물에 대해 이야기하는 순간 우리는 더 이상 나아가지 못한다. 너는 그림 속 여자가 웃고 있다고 썼다. 웃고 있는 것은 너였다.

## 然

형상은 두드림 없이 연마된다
붉은 손, 잘린 혀, 초록이 무성해지는 여름 한가운데서

이렇게 끔찍한 것은 또 없을 거야

그것이
주어진
일이라면

눈물만큼 쉬운/손을 엮은 다발을 들고/작열하는 빛 속에서

물이라는 생각과 물이라는 무수의 겹을 바라보며
~~소란스러운 사랑의 형태에 대해~~
~~파도치는 밤공기의 범람에 대해~~

~~노래하는 슬픔의 기이한 운율에 대해~~

두 눈을 감자

한 번도 알았던 적 없는 것처럼 등 돌리고
멀어지자

형상은 떠오르고

깊이를 알 수 없는 겹 속에서 잃어버리고 말았지

두 손

두 손이 사라지는

혀가 잘리는

순간의

반복, 반복 속의 반복
파도

파도와 파도가 만나 거대한 물이 되는 밤
공기가 끝없이 요동치는 것을 바라보며
끝없이 바라보며

갈수록 멀어지는 것
갈수록 가까워지는 것
다르지 않다고

~~멜로디는 상자 속에 갇혀 끝없이 돌고 있을 뿐이라면~~
~~침몰하는 이름을 되뇌며~~

나의 아름다운 창이 부서집니다
산산조각나는 것이 있습니다

*

새의 날개를 뜯어 물 위에 띄워 보낸 적 있다

연마된 것이 과거라면 무엇을 되찾을 수 있습니까

찾고 싶어

붉게 물든 두 뺨 뒤로 켜지는 알전구들
사과처럼

미래에 대한 기억을 갱신할 수 없습니다

마지막으로 들을 메시지였고
그대로 전원 오프되는 것이 수순이었지

찾고 싶어

경고 단말마

받아 적을 수 없는 소리

눈물은 얼굴을 긋고 사라진다

*

티브이에 대통령이 나와 이야기하고 있었다

나라의 안녕과 국민의 건강에 대해
쇄도하는 슬픔…… 당신은

이야기할 수 있구나

그렇다면 인간은 더 짙은 테두리 속에서도 숨 쉴 수 있겠다
그렇다면 인간은 더 이상 표면의 아래를 감각하지 못한 채 살 수 있겠다

그것이
주어진
일이라면

*

마침내 몸을 얻은 형상은 전파의 형태를 육체로 가집니다 당신의 어느 곳에도 쉽게 속할 수 있습니다 맞이할 것도 떠나보낼 것도 없이 기기들 사이를

떠도는 동시에 머물고 있습니다

숲속에서는 버섯이 자라고

숲속에서는 버섯이 자라고

왜죠? 왜 어느 날 아침에는 미친 사육사가 거실을 배회하며

화분을 가꾸는 거죠?

나는 끓고 있는 물속에 양파, 파, 마늘, 감자, 두부 그리고 눈물 두 숟갈을 넣고

비스듬해지곤 하지만

당연한 시간들 믿기지 않아서

눈을 비벼요

손을 닦고

입을 훔쳐요

떠내려가는 종種 속 피의 행렬이 알전구처럼 반짝일 때

사람의 뺨을 내려치고 싶어

찢어진 얼굴을 주워 냄비에 담고

천년 동안 삶고 싶어

곤죽이 된 얼굴을 저으며 거울 속 나를 내려다보는

그것은 여름이 가진 다른 이름이었고

끈기를 갖고 생활을 영위해야 건강을 되찾을 수 있다는 말

나는 믿지 않습니다

*

무서워요

피가 맺힌 살갗은
살갗의 방식으로
가지게 되고

나는 미치지 않았다
말할수록 내가 미친 것같이 느껴졌습니다

관람

관람하며

형상은 천천히 몸을 불려나가고 있었습니다

주어진 일을
계속해서

수행하는 것에
골몰하며

여름의 태도로 뾰족해지고 있습니다

받아 적을 수 없는 소리

그것을 다 말할 수 있다면
더 이상

밤새 서성이지 않아도 될 것 같았어
하지만 그럴 수 없었지

심판은 경기장 바깥에서
호각을 불며 손을 흔들고 있었습니다

초록은 점점 무성해지고
여름

꿈과 계절에 대한 이야기는 이미 오래된
농담일 뿐이지만

예각

*

갈수록 비좁아지는 길의 끝에서

너는 손을 펼쳐 끈적끈적하게 녹아내린
바클라바 한 조각을 건네준다

할머니가 만들어주던 거야
내가 흉내 내봤어

찐득해진 덩어리를 입속에 밀어 넣으며

~~나는 생각한다 형상을~~

채워지지 않는다는
끝없는 감각을

얼음에 혀가 달라붙던 순간의 아릿함
유리잔 안에서 천천히 녹고 있던 투명

계속해서 미끄러지는/계속해서 미끄러지는

언젠가 그런 질문을 받은 적이 있다

도살자가 짐승을 해할 때에
가장 먼저 칼을 대는 곳이 어디인지 아느냐고

머리가 찡하던 단맛
질문을 다시 불러오고

~~천천히 불타는 중~~

불 속에서

관람하는

텅 빈 공허 속/산산조각나버린/날개

고막이 찢어질 것처럼 조용한 오후였다

*

육체 없이 육체를 가진다는 게
이토록 쉬운 일인 줄은 몰랐다

輕

신을 만나 화분에 대해 이야기 나누었던 날

난독을 이해하게 되었다

그러고 보니 세상이 왜 이 모양인지 쉽게 납득할 수 있었다

너무 아름다운 것은 왜 자주 비어 보이는지
결국 훼손되고 마는지

고작 산세비에리아와 천리향 재스민에 대해
짧은 대화를 주고받았을 뿐인데

먼 것과 가까운 것의
맞닿은 지점까지

예각으로 둔각을 획득하는 일은
사람의 일

폭설처럼 잠이 쏟아졌다

輕

*

거짓말을 하고 있어

떠돌며 전파로서 받아들이는
영속에 관한 일

~~끔찍하다~~

피를 가질 수/있었다면 나는/부서질 수도 있었어

끊임없는 발화는 해독 불가

오직 하나의 존재만 사용하는 언어는
어떤 의미를 가지는 것일까

물결에 지나지 않는

거짓을 말하고 있어

~~일순간~~
정전

이제 어둠으로 이야기하자

침묵 속에서
천천히 돌며
부서지는

창백한 지구가 빛날 때

증폭되고 있었다

傳

## 중심을 향해 다가가기
## 색의 방식으로 도피하기

용은 어디에 있을까, 주현아 우리는 방에 앉아 이야기하지. 바닥에 두 다리를 뻗고 앉아. 네가 생각한 용은 적룡이고 내가 생각한 용은 청룡이었는데, 책장 사이를 뒤적이다가 우리는 오만 원을 발견하고 같이 기뻐했다. 오만 원으로 뭘 할 수 있을까? 주현아 주현아 우리 오늘 밤 밖에 나가서 밤을 같이 볼까. 이만오천 원 거리만큼 택시를 타고 나갔다가 이만오천 원으로 돌아오면 어떨까? 그렇게 어둠과 어둠의 사이 흔들리는 불빛을 구경하며 거리를 쏘다닐까.

멀어지는 방식은 늘 우리의 중심에 있었고. 하얀 벽 하얀 문 하얀 책장 그 안에는 하얀 페이지들 가득 검은 글자들 그런 책들이 빼곡히 꽂혀 있고, 바닥에 쌓여 있는 책 한구석으로 밀며 바닥에 앉아, 뜨거운 바닥에 앉아, 내일도 모레도 우리는 아직 오지 않은 밤에 대해 이야기하겠지.

용에게는 몇 개의 갈비뼈가 있을까? 건반을 짚듯 하나하나 손가락으로 헤아려보며, 왜 어떤 순간은 차가운 물질에 대해 생각하기를 멈출 수 없을까. 하얀 커튼 사이로 쏟아지는 창백한 빛을 보며, 나아지는 중심을 골몰하며. 눈이 내리는 것 같다. 쏟아지는 것을 보면 쉽게 그런 것들이 떠오르고. 프랑스와 스페인 독일 그곳에도 어둠은 동일하게 찾아오겠지만. 나무는 나무의 형태로 파도는 파도의 형태로 인간은 인간의 형태로

자라나겠지만. 주현아, 너는 늘 반반이라고 했고 나는 늘 그 말에 웃었지만. 나는 내 방에 앉아 내 방에 함께 있던 너를 생각하고. 네가 돌아가고 난 다음 혼자 남아 모니터를 마주 보는 나의 밤을 생각해. 어떤 아픔에는 중심이 없어서 증상은 깊어지지 않은 채로 상상만으로 증폭되고.

용은 어디에 있을까. 송도에 갔던 밤 고층 빌딩의 한가운데 커다란 구멍이 뚫려 있는 걸 봤지. 그걸 설계한 사람은 중국인이라서, 용이 지나가는 길을 만들어두었다고 너는 이야기해주었다. 거기를 오가는 긴 몸의 투명을 바람의 사이를 헤엄치며 노는 예쁜 것을 생각했다.

어디에 있을까. 그것은.

해설

# 포에트리 슬램, 백은선
## —살고자 하는 시에 관하여

양경언
(문학평론가)

### 프롤로그

준비되었느냐고 묻겠다. 지금껏 당신을 포박해왔던 독법에서 풀려날 준비가 되었냐고. 그러니까 시의 목소리가 독자인 당신의 마음을 어루만지리란 기대, 시가 당신에게 먼저 다가가 마냥 다정하게 위로를 건네줄 거란 착각, 당신 언어가 취해왔던 방식의 안전을 보장함으로써 시가 당신을 끝내 착한 독자로 길들이고자 할 때 이룩될 성취감 같은 것을 무너뜨릴 준비가.

상황은 이렇다. 백은선의 시가 "파도 속 비명의 숲"이 남긴 아름다움을 승인하기로 하고(「졸업」) 침묵을 공격할 때, 시에 매혹된 당신은 그 대가로 당신 주위에서 암약하던—평소엔 있는 줄도 몰랐던—"사라진 소리의 지도"를 느끼기 시작할 것이다. 그러고는 알아챌 것이다. 무언가가 바뀌고 있다고. 이제 더는 백은선의 시를 만나기 이전으로 돌아가지 못한다고. 당신은 과거 당신의 어떤 아픔의 순간이 사라지지 않은 채 오늘의 '빛'과 '소리'로 나타나 당신 주위를 여전히 찌르고 있다는 걸 받아들여야 할지도 모른다. 그래서 자꾸 "어떤 검정의 꼴"을 하고 있는 당신의 글을 지금 이곳에 마구 새기고 싶을지도(「1g의 영혼」). 어쩌면 당신은 "세계가 함몰될 것 같은 풍경 속에서" 그간 은폐되었던 당신의 기억을 열기 위해 "최소한의 언어로 모든 것을 누설하고 최대한의 언어로 무의미에 도달하"는 부단한 움직임을(「코카 · 콜라」) 마냥 취하고 싶을지도 모른다.

이렇게 얘기해도 될까. 마치 "가장 높은 의자에 앉"아 끝내 제압할 수 없는 목소리가 새어 나오는 곳을 감시하려 드는 "한 인간"과 같은 모종의 억압적 시선이 찬탈해갔던 무대를 떳떳하게 탈환하여 핀 조명 아래에 선 백은선의 시가 "표현하고 싶은 충동"에 휩싸인 말spoken word을, 다시 말해 "확신에 가득 찬" 예리한 칼s(poken)-word을 꺼내 들 때(「1g의 영혼」) 당신은 깨달을 것이다. 당신의 마음은 단 한 순간도 마모된 적이 없다는 것을. 시는 마모된 적 없는 마음이 발견될 때, 그것을 알아챈 우리가 이제는 더 이상 예전으로 돌아갈 수 없다는 요청으로 삶을 채우고 싶을 때 울려 퍼지는 것. 진실이라고 오해했던 거짓을 불러들이는 고통을 감수한 채 그간 자각되지 않았던 말들을 "직접 부르"고 "소리 지르"고 세상이 "다 끝날 것처럼" 모든 것을 걸고 "소리치"면서(「콜 미 바이 유어 네임」) 쓰이는 것. 이것이 백은선의 시가 사는 방법이다. 살고자 하는 백은선의 시가 있는 그곳으로 당신이 갈 때 동시에 일어날 수밖에 없는 당신 삶의 변화를 그러므로 당신은 각오해야 한다.

그래서 물었다. 준비가 되었느냐고. 당신을 묶고 있던 그간의 침묵을 깨고 백은선 시에 몸을 실어 성큼성큼 나아가보겠느냐고. 다른 누구의 허락 없이, 당신 자신이 스스로에게 수락한 움직임으로, 있는 힘껏.

## 1막

이 글은 백은선의 세번째 시집 『도움받는 기분』에 수록된 시와 만나는 우리의 시간을 '백은선'이라는 이름의 '포에트리 슬램'을 경험하는 순간으로 읽는다.

포에트리 슬램poetry slam은 온갖 소품이나 무대장치, 의상 등의 효과를 걷어낸 무대 위에서 시인이 오직 자신의 몸으로만 역동적으로 시를 낭독하면서 청중의 호응을 이끌어내는 퍼포먼스를 일컫는다.[1] 최초의 포에트리

1 포에트리 슬램에 대한 설명은 유현주, 「수행성, 몸, 체험의 문화:

슬램은 1986년 미국 시카고와 뉴욕에서 젊은 세대가 모이는 클럽이나 지하창고를 무대 삼아 시작됐다고 전해지는데, 2021년 현재에는 로라 왁스,[2] 케 템페스트[3] 등 정체성에 대한 탐구를 시적 언어로 풀어내는 아티스트들의 활약으로 이어지고 있다. 시인이 목소리의 볼륨을 높이는 그 자리가 결코 고립되어 있지 않는다는 의미에서(시인의 목소리는 독자인 당신이 반드시 '들을 것'이란 믿음 아래서 울린다), 그리고 목소리가 통과하는 중인 몸의 질감이 고스란히 청중에게 전해진다는 의미에서(시인이 목소리를 내기 시작할 때, 시가 인쇄되어 있는 지면상의 작품은 독자인 당신에게 실시간 살아 있는 문학의 형태로 나타난다. 앞서 프롤로그에서도 언급했거니와, 독자는 그 공연과 연루되는 한 결코 가만히 있을 수 없다) 포에트리 슬램은 기존 연극 형식의 공연이나 낭독회와 다르다. 어떤 형태의 무대이든지 간에 시인이 온몸으로 포에트리 슬램을 공연하는 순간, 시인도 청중도 하물며 둘 사이를 매개하는 시조차 모두가 '지금 여기'의 구체적인

포에트리 슬램을 중심으로」, 『뷔히너와 현대문학』 39호, 한국뷔히너학회, 2012, pp. 245~64 참조.

2 로라 왁스의 포에트리 슬램 활동을 소개하는 글로는 로라 왁스, 권호영 옮김, 「미국인 '로라 왁스'와 한국인 '김효진' 사이에서: 〈해외입양인 여성들의 경험을 듣다〉 내 안으로 들어가는 긴 여행」, 〈일다〉 2018년 8월 15일 자 참조. (https://www.ildaro.com/8283)

3 케 템페스트에 대한 자세한 정보는 http://www.kaetempest.co.uk/ 참조.

증언이 되는 것이다. 구성원 중 그 누구도 감히 없는 셈 치지 못한다. 백은선 시의 포에트리 슬램적인 면모는 이와 같이 '지금 여기'의 구성원 모두가 현존하는 감각을 발생시키는 데에서, 그러니까 추상이 안기는 안정감과 싸우는 가운데서 마련되는 것 같다.

백은선 시의 언어는 속된 시대가 입힌 외피를 두르고 도리어 그것을 전투복 삼아 끝까지 버텨보려는 자세를 취하고, 또 어느 때는 그렇게밖에 응하지 못하는 언어 그 자체의 무능을 꾸짖으면서 있다. 시는 희망과 두려움이 뒤섞인 바로 오늘 이 자리에서 시작하지 않는다면 영영 탈출구를 찾지 못할 수도 있다는 듯 매섭게 현재에 집중한다. 첫 시집 『가능세계』에서 " '발악'의 현장성"(조연정 해설 「소진된 우리」)을 개시했던 백은선의 시는 이번 시집에 이르러서는 후일담을 만들고 싶지 않은 사람의 결기를 조금 더 명료하게 드러낸다. 시인에게 과거는 종료된 게 아니라 현재를 이루는 뼈에 해당하는 시간대이므로, 시에서 과거라는 거짓은 모두 현재의 진실을 탐구하기 위해 소환된다. 복기를 진행하는 순간에도 중요한 것은 과거를 달리 해석할 수 있는 지금 이곳의 '나'가 뚜렷하게 살아 있어야 한다는 것, 사라져선 안 된다는 것. 지금으로부터 조금도 물러서지 않으려는 목소리가 오직 저 자신의 힘으로 "죽지 않고 살아서" "전부 다시" 쓰이는 일이(「도움받는 기분」) 여기, '포에트리 슬램, 백은선'의 현장에서는 벌어진다. 가령 시집의 첫번째 순서로 배치된 「클리나멘」은 시인이 현재를 어떻게 '다시' '시작'할 장소로 삼는지를 들려준다.

> 천 미터 상공에서 천 장의 종이를 뿌린 다음,
> 서로 겹쳐진 부분만 남긴다면
>
> 색색의 스프레이
> 분홍이나 파랑 초록 보라 빨강 빨강
> 포개진 영역만 표시한다면
>
> 가장 높은 건물 옥상에 올라가
> 내려다본다면
>
> 어떤 무늬일까?
>
> [……]
>
> 말할 수 없는 것은 전부 겹쳐진 영역에 칠해진
> 색을 의미한다고 믿어
>
> [……]

천 미터 상공에서 종이가 내려앉기까지의 시간
분포와 확률에 관한 예감

포개진 것들은 아름답고

경험

경험이 있습니다

경험을 주고 싶어

—「클리나멘」 부분

시는 위에서 아래로 내려다보는 독특한 시선에서 출발한다. 이를 두고 말하는 '나'를 지배하는 수직적인 질서에 대한 정면 승부로("혓바닥들 은빛 실에 꿰어 빛 속에 걸어두었다/붉은 것이 대롱대롱 예쁘게 흔들렸다"고 말하는 「비유추의 계」에서는 '나'를 대상화하는 수직적인 시선에 대한 본격적인 저항이 더 강하게 전해진다), 혹은 어디에 무게중심을 둬야 할지를 가늠하기 위해 지금 세상으로부터 한 발 물러서보려는 이의 관찰적 시선의 확보로 볼 수도 있을 것이다. ("사방을 둘러보아도 가시뿐이다. 미지근한 땀이 팔을 타고 흘러내려 손바닥에 고인다. 만약 우리가 새라면 날아갈 텐데. 상공에서 내려다본 섬은 작은 밤송이 같을까?"라고 말하는 「禍彬」에서 화자는 상공에서 내려다보아야만 부정할 수 없는 삶의 '가시'를 "빛나는 재앙"으로 해석할 수 있다고 여긴다.) 위 시의 경우는, 시작도 끝도 구분되지 않는 물거품 속에서 "동심원"을 찾기 위해 "상공에서 내려다"보는 방편을 택했을지라도 '나'를 둘러싼 모든 움직임에는 그 어떤 중심도 찾을 수 없음을 깨달은 이의 고통스러운 해방의 과정이 담긴 시 「퀸의 여름」의 시선과 나란히 두고 읽었을 때 더 보이는 게 있는 듯하다.

화자인 '나'는 지금껏 많은 이가 "예술"이라고 말해왔던 것을 그대로 '예술'이라 승인하는 길을 택하는 대신에, 그것을 "예술"로 봐왔던 시선을 살필 필요가 있다고 경고하면서("재미있지 않니/모든 여자가 스물한 살이었거나/스물한 살이 될 거라는 게/고통받을 거라는 게//보는 눈이 그것을 예술이라고 부르는 게"), 자신의 목소리는 기존의 시선을 거듭 다시 보는 역할을 한다고 강조한다. 천미터 상공에서 종이가 뿌려질 때 포개지는 종이의 면면들을 통해 드러나는 색과 무늬만의 역사와 깊이가 분명히 있음에도, 그것을 "예술"을 만드는 "경험"으로 해석하지 않고 단지 낱장으로 '소비'하고 대우해왔던 기존의 시선을 향해 "소리를 만드는 힘"을 내고자 하는 것이다. 그래서인지 시의 제목인 "클리나멘"은 '직선운동에 대해 우연히 일어난 사선운동'이라는 기존의 정의를 따르는 의미로 읽히지 않는다. 그보다는 위 시에서 '클리나멘'이란 어떤 가로지르는 선을 이루는 원자들이 인과로 묶이지 않는다 할지라도 각자의 충분한 독립성을 가진다는 의미로 해석되는 철학자 들뢰즈의 개념, "원인들이나 인과 계열들의 환원 불가능한 다수성, 원인들을 하나의 총체로 결합할 수 없는 불가능성"[4]으로 연상되는 것이다.

백은선의 시가 펼치는 이미지들은 나태한 환상으로 직조된 게 아니라 "단련……단련……단련……"을 통해 자각되지 못했던 언어에 뼈대를 심는 역할을 한다. "여러 개의 손"과 "여러 개의 눈"을 살려내 '그래 이거야!'라고 "느끼는 것의 진정한 의미에 주의를 기울"이도록[5] 함으로써 그 어떤 무정한 빛으로도 우리 삶을 인화할 수 있다고 알려준다. 시는 그 대가로 오래된 일들이 인장처럼 남긴 고통과 무섭고 외롭고 괴로운 싸움을 이어가지만 바로 그러한 과정을 통해 "느낌"을 "성찰하는 새로운 방식"[6]을 만들어내기도 하는 것이다. 언제든 이렇게, '전부' '다시' 시작할 수 있다고.

4 질 들뢰즈, 『의미의 논리』, 이정우 옮김, 한길사, 2012, p. 428.
5 오드리 로드, 『시스터 아웃사이더』, 주해연 · 박미선 옮김, 후마니타스, 2018, p. 41.
6 『시스터 아웃사이더』, p. 45.

**2막**

시인은 무대 위에서 시가 쓰이는 현재의 과정을 숨기지 않는다. 이는 시인의 목소리를 "목소리라고 할 수 없다"면서(「목소리 영원 해안」) 낙인을 찍으려는 시대와 맞서기 위한 전략으로 구사되는 방식이다. 「비유추의 계」에서는 지금의 세상이 시인의 혀를 말하는 용도가 아니라 "은빛에 꿰여 대롱대롱 흔들리는" 장식용으로 걸어두려 한다고 고발하기 위해 안간힘을 '쓰는' 상황이 전부(!) 적힌다.

> 혓바닥들 이 미친
> 빛 속에서
> 팔랑이던
> 핏빛 숨 속에서
>
> 몇 번이나 되새기면서
> 거대한 몸뚱이에 올라타 몇 번이나
> 다시 다시

—「비유추의 계」 부분

시인의 혀는 "핏빛 숨"을 꺼뜨리지 않기 위해서라도 세계가 적당히 편안한 장소가 되려는 순간을 경계한다. 더욱이 "아코디언처럼 끝없이 펼쳐졌다가 끝없이 오므

라드는" "형식"의 운동을 따라서 '은'과 '빛'이란 글자가 파도처럼 이어지는 페이지에 이르게 되면, 시는 탐미의 대상으로 놓이지 않기 위한 혀가 세계의 시선 속에서 어떻게 상할 수 있는지, 냄새를 피우게 되는지, 그러나 혀끝으로 밀어 올리는 말이 살아 있는 생명체로 있기 위해 반복적으로 몸부림을 치는 과정을 통해 어떻게 기어이 혀의 고유한 표정을 만들어내는지, 어째서 무서운 것은 아름다운지……를 증명한다. 백은선 시의 혀는 불쾌 자체가 제공하는 풍부한 매력을 관통하면서 움직인다. 슬픔에 찬 환희를 허락한다.

그러니 「졸업」에서 나타나는 "웃지"와 "웃었지," 사이에 놓인 "무한히 넓어지는 행간"과 같이 백은선 시에서 간헐적으로 보이는 의도적인 공백은 감정의 전환을 형성하기 위해 거쳐야 할 곳 또는 입체적인 의미가 생성되는 곳으로 받아들일 수 있게 된다. 시어들 사이에 부여된 공백들은 '보이지 않는 잉크'[7]가 쉬지 않고 움직이는 자리와 같다.

뿐인가. "기억에 대한 이야기는" "목줄에 묶인 나무 아래 개"처럼 "거의 지루하고 모두를 고통스럽게 한다"고 말할 때(「사랑은 보라색일 것 같다」) 성큼성큼 쓰인 저

7 이 표현은 토니 모리슨의 『보이지 않는 잉크』(이다희 옮김, 바다출판사, 2021)에서 빌려왔다.